公元 787 年，唐封疆大吏马总集诸子精华，编著成《意林》一书 6 卷，流传至今
意林：始于公元 787 年，距今 1200 余年

熬得过万丈孤独，藏得下星空大海

马叛 著

上海文艺出版社
Shanghai Literature & Art Publishing House

图书在版编目（CIP）数据

熬得过万丈孤独，藏得下星空大海 / 马叛著 . -- 上海 : 上海文艺出版社 , 2020
ISBN 978-7-5321-7379-2

Ⅰ . ①熬… Ⅱ . ①马… Ⅲ . ①散文集 – 中国 – 当代Ⅳ . ① I267

中国版本图书馆 CIP 数据核字 (2019) 第 212024 号

发 行 人：陈　徵
主　　编：顾　平　杜普洲
责任编辑：崔　莉
丛书策划：蔡　燕
特约策划：黄　磊
特约统筹：黄　磊
特约编辑：孔婷婷　孟晓雯
封面设计：资　源
美术编辑：孔凡雷　李雪菲
发行总监：王俊杰

书　　名：熬得过万丈孤独，藏得下星空大海
作　　者：马　叛
出　　版：上海世纪出版集团　上海文艺出版社
地　　址：上海市绍兴路 7 号　200020
发　　行：上海文艺出版社发行中心发行
　　　　　上海市绍兴路 50 号　200020　www.ewen.co
印　　刷：河北盛世彩捷印刷有限公司
开　　本：880×1230　1/32
印　　张：7
字　　数：200,000
印　　次：2020 年 1 月第 1 版　2020 年 1 月第 1 次印刷
I S B N：978-7-5321-7379-2/I·5866
定　　价：39.00 元

目录
CONTENTS

梦想不说话，时间会回答

熬过无人问津的时光，才谈得上诗和远方

一杯敬未来，一杯敬过往

所有的美好，
都是苦尽甘来

有些人和事，
最怕来日方长

谁还不是一边成长，一边学着拥抱孤独

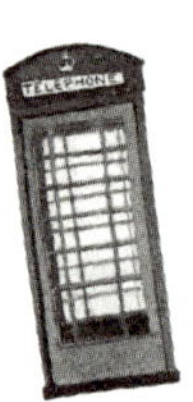

梦想不说话，时间会回答

杨绛曾经说过：“现在年轻人的烦恼，大都是因为读书太少，想得太多。”我深表赞同，能力很小、梦想很大其实不可怕，因为多数人都这样，可怕的是浅尝辄止，可怕的是懒。

束缚我们的所有

01

刚搬进胶囊公寓的时候我挺难过的，觉得自己越混越失败，只不过是三年时间，住所就从两室一厅的大房子变成只能弯着腰钻进钻出的胶囊公寓了。

想想我那宽阔得可以打个滚的大床，再看看伸手就能摸到的天花板，要不是上下左右都有人，我真想大哭一场。

其实叫胶囊公寓并不贴切，我的住所更像一个竖着的蜂窝，每个人都像蜜蜂一样缩在蜂窝里，面积比火车硬卧还要小。

这种地方除了租金便宜，再无别的优点。

最初我觉得每个住在胶囊公寓的人都把这里当作临时的栖身之地，有了正经工作后肯定会立刻搬离，直到我认识了我的下铺王子建。

他已经在胶囊公寓住了五年，之前还住过热力井和地下室。对于他来说，胶囊公寓已经是天堂。

当然我不是要跟他比惨，比惨这种事情没有任何意义。不管你过得怎么样，永远有人比你更惨。

王子建跟一般人不一样的地方在于，他有一股子不管天塌地陷都能谈笑风生的乐观劲儿，而且不是装出来的。

我们熟悉之后，他经常会拿他写的诗词给我看。他跟我一样都是为了梦想到北上广打拼的，不同的是我的梦想是做全国最牛的建筑设计师，他的梦想是做李白那样的诗人。

有做诗人这样的梦想并不奇怪，虽然顾城、海子这样的诗人近几年看不到了，但情诗写得好的诗人现在还是很多的，而且写废话诗、梨花诗的大部分诗人现在都还混得不错。

但是一个写打油诗的，梦想成为李白那样的人，还是很不现实的。所以每次看完他的新作我都要劝慰他一番，让他脚踏实地，做点能改变当下生活的事情。

“你住在胶囊公寓里，梦想设计恢宏的宫殿，跟我又有什么区别呢。”王子建每次都拿这句话来回击我的安慰。

“但我在一步一步实现啊，你每天都只是重复地写你的打油诗罢了。”

“坚持总会有收获的，我现在微博上已经有两百多粉丝了。”

“粉丝又不能当饭吃。”

“多了就能。”

“你写打油诗永远也不会有太多粉丝的。”

“胡说，在这个时代，一切皆有可能。古城钟楼那个微博，坚持‘铛，铛，铛’三年，现在已经快五十万粉丝了。”

02

王子建会这么执着跟他爸爸有关，据他说，当年他一出生，他妈心里就凉了，孩子长得太丑了。但是他爸爸不死心，不能貌比潘安，未必不能才过子建啊，于是他就叫王子建了。

有一次我拿这个嘲笑他，说人家曹子建七步成诗，流传千古，天下才华有一石，曹子建独占八斗。你呢，就算有一斗，也是阿斗的。

他不服气，晚上特意写了一首新诗在微博艾特我，还强烈要求我去转发。我委婉地拒绝了，因为那诗实在太打油了——不要把我当偶像，不然一定会失望，除了会写点文章，我跟你们没两样。

有这样一个下铺，虽然有时候觉得很烦，但因为他足够乐观，被拒绝了也不会不高兴，所以跟他在一起欢乐总是多过烦恼。

后来网上流行起了正能量这个词，我才发现，王子建就是正能量化身。比如有时候我觉得很沮丧，跟他讨论人生的意义，觉得这么辛苦地活着，好不容易得到荣华富贵，一不小心就可能一无所有，太痛苦了。

王子建从来没有得到过荣华富贵，所以就住过大房子又住小胶囊这一感受，我不觉得他能有什么好看法。但他的话还是影响了我，他说人生的意义本来就是人生本身，痛苦也好欢乐也罢，都是实实在在的人生。就像行走的意义本身就是行走，一直走下去就好了，路上会有答案。写诗也是，你得一直写下去，写到地老天荒，写一百万首，一切自然会改变。如果你觉得痛苦，常常是因为你不够努力，还想太多。

我习惯性地想要反驳他，却突然发现无从下手。他说得好像是没错，我没有年迈瘫痪在床的长辈需要照顾，没有年幼的小儿嗷嗷待哺，没有身体上的疾病拖累。我健健康康，需要照顾的也只是自己，上天已经对我够好，只要我足够努力，大房子还是会回来的。

但王子建并不认为我明白了他，见我第一次不反驳他的话，他倒不习惯了。他又开始挑剔我别的问题。比如总是想着大房子，他说人生不能活在房子上。这种外在的东西得到了也很容易失去，只有让内心足够强大，让内心充盈着爱，这样才能得到永恒的幸福。

03

前面说过，胶囊公寓上下左右都住着人，我跟王子建聊天，别人也能听到，不过他们对聊人生这种事情没兴趣。他们大都是干体力活的，白天干活晚上睡觉，赚了钱就寄回家。人生简单直接，没有什么烦恼，从不想别的，也从不跟我们瞎白话。我跟王子建也当他们是空气。

结果有一天，空气突然说话了。说要拜王子建为师，跟着他写诗歌。我一看空气的年纪，都可以做王子建的爸爸了。

由此可见年纪的大小和经历阅历无关，有的人活一辈子，还不如别人活一天。当然并不是说骡马的一生不如比熊的一生，众生平等，只是觉得如果骡马突然要过比熊的生活，之前的努力就白费了。

经过一番努力，几个月后我接到新的项目，成功搬离了胶囊公寓，走的时候我请王子建吃了顿饭。明明是我过上更好的生活了，他却一点也不羡慕嫉妒恨，这平和的心态倒是让我有点羡慕。

我们都很清楚，彼此以后不是一条路上的人了，以后再难在一起这样坐下来喝酒聊天，所以那天喝了很多。

苦难让我们的人生意外地交汇在一起，幸运又让我们分离，人生就是这么有趣。跟王子建生活在一起最大的收获就是乐观，以前遇到困难麻烦，总是会想，上天为什么要对我这么残忍？现在却是想，这点小问题就想难倒我，没门！

那天空气的一番话对我影响也很大，他是一个在地下通道唱歌的歌手。他说在住进胶囊公寓之前，他有钱有家室，但是一点也不快乐。有一天他在酒吧看到在台上歇斯底里吼叫的年轻人，想起年轻时候的他，觉得特别傻。但同时觉得，这种傻很可爱。是那种无知得生机勃勃的可爱。

他年轻的时候也是个穷困潦倒的摇滚歌手，在各种地方演出，总是入不敷出，那时候心态好，一无所有，却觉得能干翻整个世界。后来他不做歌手了，听从家人的安排去经商，赚了很多钱，有了老婆孩子房子车子，却没有了当年勇往直前的心态，不过四十岁，他就觉得老之将至，人生只剩下混吃等死，过去无知自大的他，变得非常卑微，觉得自己的一生，和路边的大树没有区别。所以到五十岁的时候，他就放下一切出来了，一路唱歌，一路行走，就像年轻时那样。

王子建很赞扬空气的人生，觉得这才是活得值，经历过大富大贵也经历过一无所有，难能可贵的是最后还能看破一切，放下一切，重新回到路上。这世上太少有人能明白，年轻时的贫困不算什么，人的一生，最重要的就是年轻时的那份自信甚至自大，那股子初生牛犊不怕虎的冲劲。未来成就如何，全看那时候的劲头。

而我呢，在听空气说完之后，并没有评论。我反观自己，如果我继续在大城市做设计师，未来的人生可能跟空气差不多。我会有车子房子老婆孩子，可是我会快乐吗？我不知道。

我可能会被我拥有的一切束缚住，被那种世俗的责任感束缚住，一生不得自由，不得解脱。这样一想，那些香车美女房子孩子反而变得可怕了。过去我多么想拥有的，现在想想，拥有了我就会害怕失去。

拥有了名誉，为了保住名誉我就得更加努力。拥有了香车，我就得养着，拥有了美女我就得哄着，我会变为房子孩子的奴隶。所以才会有主人在外辛苦赚钱，保姆享受豪华大别墅的新闻。

04

写这篇文章的时候，我跟王子建已经分开很久了，虽然说好了以后常联系，却是谁也没有再联系谁。他要忙他的写诗事业，我要努力赚钱改变生活。

只是我努力赚到钱之后，不是想着赚更多的钱了，我开始有计划地整理我的生活。我需要多少钱，赚够了我就去乡下，自己为自己设计一套房子，设计一套最能体现我设计天赋的房子，再也不用看客户脸色，再也不用考虑老板需求，只为才华而生活。

王子建的微博后来也没有更新了，不知道他是不是放弃了他百万粉丝的大计划，但是我知道不管他做什么，都有他的理由，不管他做什么，都能给自己找到乐子。

人生苦短，或许我们都需要这种苦中作乐的精神。有了这种精神，住胶囊公寓，会比住大别墅睡得更香甜。毕竟睡哪里不重要，睡本身才重要。

曾经多想变成你

01

我在年少的时候也有过偶像，或者是榜样。那时候我只有十四岁，特别佩服两个人，一个是窦唯，一个是韩寒。

我想我一定要努力超越这两个人。后来我确实很努力，但结果也很明显，我一个也没超过。我曾经甚至给自己规定过具体时间，比如说三年超过韩寒，五年超过窦唯之类的。现在想来觉得非常幼稚，但也正是那时候的幼稚，让我有了紧迫感，让我夜以继日地去练琴，去写作，去阅读。

若干年后，当我长大成熟之后，也就自然而然地不再计较自己超过了谁没有。每个人都有自己的人生，成功或平凡都可以过得很快乐。

也就是在我长大之后，我才发现，其实不是我一个人在年少的时候渴望成为谁，渴望超越谁。有不少年轻人，都想过成为他的偶像那样的人。

比如说我曾经的好朋友末末。

末末来自一个十八线的小城市，父母都是很普通的工人，哥哥是个赌徒，读完高中之后，因为哥哥输光了所有家底，她只好离开学校，赚钱替家里还债。

我认识末末的时候，她和我在同一家公司工作，我们经常在周末聚在一起聊天，那时候经常和我们在一起聚的还有一个叫李达的家伙。若干年后，我和李达还是月入不过五位数的上班族，末末已经是上市公司的老板，身家已经超过九位数。

虽然赚多少钱不能衡量一个人成功与否，但是有钱还是比没钱好很多。已经成为大老板的末末，自然不会整日和我们混在一个城市了，即便逢年过节也很少跟我们见面。不过每次见面，她都会送我们一个大项目，然后我和李达一年的工作就都有了着落。换句话说，我和李达能在公司混下去且给公司带来业绩，全靠末末时不时接济一下，她手指缝里漏掉的利润，就足以满足我和李达以及我们带领的团队的所有年终奖了。

就是这样的末末，在认识我们的时候，特别渴望成为我们这样的人。

02

我和李达都挺喜欢末末的，她乖巧懂事，积极乐观。但我和李达都知道，我们没法和末末长久地在一起，以前是不能，现在是不及。

不能的原因也很简单，就是末末说的，她有一个吸血鬼一样的哥哥和一对讨债鬼一样的父母，一旦和她谈恋爱，就只能跟她一起还债了。所以我们只能做朋友。

末末那时候特别羡慕我和李达，因为我们俩家境虽然一般，但没有需要我们救济的父母和兄弟姐妹。

末末说，如果下辈子投胎，她一定要投到独生子女家庭。那时候的末末，几乎看不到未来在哪里，最美好的年华，却只能用来叹息。

在认识我和李达之前，末末也恋爱过，当时她隐瞒了她家里的问题，几乎是倒追那个男生，因为她当时实在太喜欢那个男生了。

依现在的条件看，那个男生其实挺普通的，远远配不上末末，但那时候的末末初入社会，从小城市来到省会长沙，那个叫方远的男生，是她生命里唯一一道光。

方远在一家很小的杂志社当主编，末末应聘的第一份工作就是那家杂志社，小杂志社不比大刊物，门槛很低，也不要求学历，热爱文学加上文字功底不错就可以。

末末刚入职的时候，月薪只有一千二，除去房租只剩下几百块，只够吃饭和坐公交车。而那时候的方远，不仅是个月入近万元的主编，还是一个在很多大刊物都发表过文章的作家。

那时候的方远在面试末末的时候问她想成为一个什么样的人。

末末不假思索地回答——被很多人喜欢、敬仰和需要的人。

此后直到辞职，末末都没成为她想成为的那种人。但是也不要紧，经过一年多的工作，她的梦想已经改变了，她不再在意别人的眼光，她只想成为一个有钱人。

辞职是因为方远，在知道方远是一名优秀的作家后，末末就陷入了暗恋。有一次公司聚餐，方远问末末有没有喜欢的对象，末末说有。方远又问她喜欢的对象是什么样的。末末说，远在天边，近在眼前。

方远多聪明的人，一下子就吃透了末末这个涉世未深的女孩子，几顿饭，几场电影，几束鲜花，两个人就在一起了。

最初也是美好的，末末幻想着自己的家世永远不被人知道，永远和方远相亲相爱下去，可惜几个月后，末末把钱都花在爱情上，许久没有打钱回去的末末惹恼了家人，哥哥和爸爸杀到公司来催钱，家庭问题再也瞒不住。方远帮了末末两次，最后还是选择了分手。

真爱始终是抵不过金钱的。也就是从那时候开始，末末把梦想改成了做一个有钱人，只有拥有很多很多的钱，她才能够拥有爱情以及她想要守护的一切。

刚被方远删除微信的那段时间，末末还不太习惯，没事还是喜欢给方远发微信，虽然知道对方不可能收到了，但写出来、发出去的过程，本身就是一种情绪的释放。这段感情从一开始就是单恋，到最后，也是以单恋收场。

03

离开方远之后，末末就到了我和李达所在的公司，经过了失败和痛苦的洗礼，那个稚嫩的末末，脱掉了白色帆布鞋和牛仔裤，穿上了高跟鞋，从不施粉黛变成了不化妆一小时不出门。

本身底子就很好的末末一到公司就吸引了李达的目光，李达约末末吃饭，怕人说闲话，就叫上了我。男女之间，如果第一眼没有看上对方，接下来就很难擦出火花。

李达第一次约末末的时候还是有一些非分之想的，约了几次之后，加上每次都有我在，那种氛围就变了，从约会变成了铁哥们儿局。从我们吃完饭要不要去看一场电影，变成了我们都那么熟了都不好意思变成男女朋友了。

当然，李达没和末末擦出火花，末末也没看上我的主要原因，还是她已经不想恋爱了，她只想赚钱，在第三次跟我们一起吃饭的时候，她就透露了她的家庭情况，她说她没有时间了。再不“一夜暴富”，就只能被家庭拖垮。

末末在公司很努力，我和李达也明里暗里帮她。我们所在的是一家出版公司，末末的职务依旧是编辑，李达是发行部的负责人，我是品牌运营部门的负责人。在我们的帮助下，末末编辑策划的第一本书就畅销了，加印了很多次。但出版行业利润微薄，作为编辑，做出一本畅销书，也分不到多少钱，最多是长长见识、升个职，扩充下人脉罢了。

末末升职后不久就跳槽到了一家新媒体公司，然后又从新媒体公司跳槽到了一家影视公司，最后让她发迹的就是影视项目的开发。

那是IP（Intellectual Property即知识财产）最火的时候，几个名不见经传的小作者，经过末末在网络上的包装和打造之后，摇身一变成了网红段子手，末末再把他们的作品签下来，在出版之前就做成了热门IP，然后以数千万元的价格卖给影视公司。也就是两年的时间，末末就积累了几千万积蓄。

她用那些钱成立了一家公司，做了一款阅读类的APP（手机应用软件），后来不断有人投资她，再后来就如前面所说，她成了日进斗金的大老板。我和李达还是普通的上班族。

04

最近一次见面的时候我问末末：“每天忙着赚钱，快乐吗？”

她反问我：“你每天也忙着，但是不赚钱，快乐吗？”

我无言以对，不管怎么说，相对于我和李达来说，她还是快乐的。但总有人比她更快乐。这个没有什么可比的。

李达问她：“还喜欢方远吗？”

她说："人在没有见识的时候，很容易看到一棵草就以为是参天大树。等有一天真的去过了森林，只会嫌弃自己当年的幼稚，怎么还会对过去念念不忘呢？"

"那我们呢，我们对你来说意味着什么？"李达接着问。

"你们在我最艰苦的时候陪伴过我，帮助过我，是我值得珍惜一生的朋友，虽然现在相聚的时候没有那么多了，但情谊一点儿没有减。"说完，末末举起一杯酒，一饮而尽。

我也干了一杯，在觥筹交错间，我突然出现了幻觉，时光仿佛回到了我和末末刚相识的时候，那时候她说："真想变成你们这样啊，我活得好累。"

一晃数年，我们倒是想变成她了。

真应了那句话——梦想不说话，时间会回答。

向左走，向右走

01

每个人在年少时都迷茫过，不确定未来在哪里，但又要不断地做出选择，几乎是在懵懵懂懂中，就走上了一条无法回头的路。

可以说，我们的人生，就是由无数选择构成的，而年少时的选择，又大都是决定一生的、最最重要的那些选择。

父母辈因为所生时代跟我们不同，他们替我们做出的选择常常无法让我们满意，但我们自己做主，又会担心自己选错了。

今天我就以过来人的身份，讲一讲我和我的朋友做出的那些选择，以及后来我们拥有的不同人生。

02

首先需要肯定的是，我们年少时，是站在原地迷茫的，假设向左走是坚持梦想，向右走就是接受现实。

再细化一下，坚持梦想，很多时候就是用热情和耐心来提升能力，能力可以换来一切。是“授人以鱼不如授人以渔”里的“渔”，是选择一种自己想走的路，咬牙坚持下去。

而向右走，就是面对现实，承认金钱的力量甚至拜金，用金钱来衡量人生价值，也就是“授人以鱼不如授人以渔”里的“鱼”。

“授人以鱼不如授人以渔”这个道理我们都知道，但是知道这个道理，不意味着可以用这个道理来帮助自己做选择。

我小时候有个玩伴，从小我们在一起背诵唐诗宋词，长大后他觉得唐诗宋词没用，去跟着爸爸学习经商，后来再也不做深度阅读，满足于一切肤浅的享受，再后来赚到了钱又赔光了，受不了得到又失去的刺激，跳楼自杀了。

说实话，他离开这个世界的时候，我没有多么痛心，因为那时候我们几乎已经是熟悉的陌生人了，让我痛心的是我们开始变得陌生的时候。过去是我们两个人一起读那些晦涩的名著，相互借书，有觉得不错的书就分享给对方看，后来只剩下我一个人，我甚至送书到他家里，他也不看了。而最开始，他为了求我借他一本书，不惜请我吃一个月零食。

我们选择拜金，选择相信金钱的万能，常常是从放弃深度阅读开始的。所以很多年少时玩得很好的朋友，都会在长大后分道扬镳。因为有些人还在坚持儿时的习惯，有些人已经嫌弃了儿时的习惯。

03

站在人生的分岔路口做出选择，其实是很简单的事情。不简单的地方在于，大多数人在走到分岔路口的时候茫然无知，几乎是不假思索地就随大众做出了选择，最后当然也只能变成大多数人。

想要变成极少数的精英人群，就只能排斥大多数人的选择，独辟蹊径，寻找一条适合自己的路，坚持下去，坚持十年以上，那时候自然能够收获到普通人收获不到的人生馈赠。

我有一个朋友，想开一家书店，但是没有钱。他找我诉苦，我说其实不是钱的问题，是能力的问题。

给你一百万，你一百天后会花得只剩一百块。给商业奇才一百万，他会在一百天后还给你一百亿。所以你们之间是钱的问题吗？不是，是能力的差距。没有钱的时候，不要着急，先提升个人能力，有了能力，自然能赚到钱。

我那个朋友不听我的，借了一大笔钱，租了房子，搞了装修，最后却因为办理出版物经营许可证和音像制品经营许可证遇到困难而决定放弃开书店。

等到他做出新的选择，打算把租来的房子重新装修开一个饭店的时候，又发现开饭店需要食品生产经营许可证。

他因为个人原因办不下这些证，最后只能把租来的房子转租出去，店没开成，白白损失了两笔装修的钱。

其实不仅仅是开店，进入任何一个行业，想要有所作为，都要先了解熟悉该行业，不是给你一笔钱，你就能在那个行业做得风生水起。每个行业都存在挑战，每个行业都存在竞争。

年少的人最容易想简单的事情，就是只看眼前，把一切阻碍的原因归于金钱。其实只要你能力够了，金钱会自动送上门来。

04

除了能力，迷茫的时候还需要培养的一种能力叫作耐心。不是“七十二变”才叫能力，能够像唐僧那样坐得住也是能力。尤其是在看不到未来的时候，耐心比一切都重要。

现在很多年轻人没有耐心，做事情浅尝辄止。当我跟年轻的朋友说“你先花三年融入某个行业，再花三年固定在某个城市，然后再谋大事”的时候，年轻的朋友总是说“不不不，我现在就要做大事”。

其实所有的大事都是从小事做起的，韩信能受胯下之辱，在他人看来是侮辱，在他自己看来，那是耐心，是能忍。

“能屈、能伸”才能成就大事，“只能伸、不能屈”就很容易折断。

05

很多人认为我是个励志型“鸡汤”作者，包括这篇文章，我似乎也是在告诉别人，怎样才能成就一番宏图伟业。但落到现实里，其实我不算励志，我也爱偷懒，有时候还很“丧”，就算我写了很多书，包括这一本和这篇文章，那都是因为如果我不写作，我会很焦虑。身为一个作家，我觉得如果我不写作就是不务正业。但不务正业、好吃懒做又是多么让人向往的一件事，和成就一番宏图伟业一样让人向往。

我在很多地方说过，我的梦想是拥有一个巨大的图书馆，一辈子什么事也不做，只看书就好。如果图书馆不能养家糊口，开家书店也好，和有趣的人在一起做有趣的事情。我所理解的图书馆也好，书店也罢，都是一个独立的世界。美好的东西容纳其中，让人流连忘返，一进去，就能暂时忘却所有世俗的烦恼。

但这只是我的梦想，我到现在还心怀这样的梦想，至于什么时候去实现，我也不知道，因为我并不擅长经营和管理一家书店，我只是擅长写作而已。

所有的梦想落到现实里，都会遇到琐碎、残酷、忍耐和不堪，包括写作，我的颈椎病、腰椎病，包括我不写就会焦虑这些问题都来自写作，所以说梦想不仅带来美好和荣耀，还带来困难和煎熬。我曾经开过一家网上书店，但很快就因为填写快递单太麻烦而停止了书店的业务，在开店之初，我怎么也没想到越多人买书反而越增加我的负担。

所以我常常会劝人放弃梦想，因为并不是所有人都适合成就一番宏图大业，做一个优秀的普通人也没什么不好。如果真的要实现梦想，那就别太乐观了，梦想这件事是要耗费热情耗费时间耗费耐心还耗费钱的，想清楚这些后，还是热爱，那就只好坚持了。

我在实现作家和旅行梦之后的梦想，就是躺着做白日梦，没人打扰我，没人催稿，我想睡到几点就睡到几点，想吃什么就吃什么，想看什么电影就看什么电影。这样简单的一个梦想，可能是最难实现的梦想，也是最费钱的梦想。

所以在实现这个梦想之前，我还是只能先试着去实现我的宏图大业。毕竟这个世界是现实的，我住了一次医院之后深有体会。有钱就可以住高级病房，受到特级护理，没钱就只能几个人挤在一个病房里，半夜会被垂死挣扎的病人的呻吟声惊醒。

这个世界上人太多了，美好的东西却不多，想要拥有那些美好的东西，就只能竭尽全力成为少数人。

所以有时候我很矛盾，一边在奋斗的路上不断激励自己，激励他人，一边又会质疑自己奋斗的意义。我想我会一直这样，这样让我把自己逼得喘不过气的时候，能够突然停下来审视下自己走过的路。

我也希望你能够这样，世界上的事没有绝对的对错，向右走还是向左走都可以，只不过我们要清楚地意识到，我们在何时做出了怎样的选择，因为接下来的一生，我们都要为我们做出的选择负责。只有我们明明白白、自由自主地做出了选择，未来才不会在需要我们承担责任的时候逃避责任，才不会在受苦、受难的时候怨天尤人。

梦想很大，能力很小

01

每个人在年轻的时候，可能都有过沮丧，沮丧的原因，多半是梦想很大，能力很小。

有人问我，这时候该怎么办？我总是回答，读书吧。书中自有黄金屋，书中自有颜如玉，书中自有答案。

很多人觉得我是在敷衍，其实我自己也知道，读书不能提高人的能力，对急于求成的人来说，读书太占用时间了，而且完全看不到具体的收获。不像农民伯伯种庄稼，种下去等到收获的季节就能看到收获，读书的收获是无形的。

读书能够改变什么呢？我仔细想过，读书不能实现梦想，也不能提高能力，读书只不过是让我看到了更大的世界，让我发现世界上不是只有我和我周围的这些人，让我明白还有很多人跟我一样，让我逐渐变得平静，让我逐渐拥有了耐心。

读书带给我平和的心境之后，当机会来临的时候，我就可以牢牢地抓住机会，如果不是读了那么多书，我想我不但抓不住机会，甚至辨别不出哪些是机会哪些是陷阱。

机会其实每个人都有，每个人都有一样的时间，都有手脚，有脑子，为什么后来同样起点的人最后变得不一样了？归根结底，就是因为有些人抓住了机会，有些人错过了机会。

辨认不出机会是可悲的，辨认出了机会因为心态急躁没把握好机会，更可悲，所以我劝人多读书，只是劝人提前做准备罢了。

读书可以让人明白一些单靠自己想不明白的问题，比如说付出比收获更重要。我们获得的一切都会失去。读书可以平衡我们的得失心，让我们在得到的时候不至于那么猖狂，失去的时候不至于那么沮丧。

读书可以让我们明白，只有付出才会被记得，给别人东西的人才能获得尊重和笑容，从别人那里拿东西的人总是获得仇恨和怨言。衡量我们一生价值的，不是我们赚了多少钱，而是我们为周围的人、为社会做了些什么，留下了些什么。或者说，欲先得到，必先给予。

02

搬新家后，我看的第一部电影里提到了周慧敏和酒井法子，如果不是电影里提到，我几乎要淡忘这两个人了。在我年少的时候，她们是万众瞩目的“女神”。如今几乎无人提到她们了，虽然她们都还活在这个世界上。由此可见，美貌和名利真的如过眼云烟。这些事情，反复地验证着我们从书上读来的那些道理。有人说“尽信书则不如无书”，其实不是让你不信书，是让你不要只看书，在看书之后，及时地跟社会上的事情、跟你的经历结合起来，亲身验证后，书上的知识才是你的知识。

杨绛曾经说过：“现在年轻人的烦恼，大都是因为读书太少，想得太多。”我深表赞同，能力很小、梦想很大其实不可怕，因为多数人都这样，可怕的是浅尝辄止，可怕的是懒。

只要你不懒，只要你有一股子轴劲儿，你所想的很多事，都能办成。我最初打算写小说的时候，不知道写什么，也不知道怎么写。我听到有人说“读万卷书、行万里路，下笔就会如有神助”。于是我就去读书，去走路。

读了一千本，还是写不出来，我就去书店打工，读了几家书店，几万本书“下肚”还是写得不好，就开始走，最初是在家附近几个小地方，然后出省，坐着火车从南到北，如今是盛世，饿不死人，走来走去时间长了，风土民情见得广了，加上我敏感的性情，写起文章来果然就如有神助了。

很多人都缺少这股子轴劲儿，读一百本书，就想表达出读了一百本书的看法，若没人听，就觉得怀才不遇。行一百里路，就要谈谈行了一百里路的感受，若不被理解，就觉得怀才不遇。这样的人太多了，当然也不完全是坏事，因为这样的人多了，轴的人才有饭吃。这样的人浪费和坑害的通常都是自己，他们浪费不了也坑害不了别人的人生，当然，也不能指望他们造福他人。他们一生都活在自怨自艾之中。

所以年轻的时候，多尝试几种事业，尝到自己觉得自在的就坚持下去，别回头。没干成没有别的原因，只是你在那件事情上花的时间和心思还不够。不急于求成的时候，成果自然就来了。

玩物励志

01

都说玩物丧志，我小时候有个邻居，刚好相反，他的人生经历，可以说是玩物励志。

邻居最初的嗜好是玩猫，家里养了只黑猫，白天在他脚边，晚上在他床头，可以说是每天一睁开眼看到的第一个活物，就是他的猫。

那时候邻居还年轻，正该去谈恋爱，可是他偏不，他天天拎着钓竿去河边钓鱼，钓上来就给猫吃了。

那只黑猫因为常年有鱼吃，长得膘肥体壮。别的猫还能飞檐走壁捉老鼠，邻居的黑猫后来连追上邻居的脚步都困难。

我写这篇文章的时候，邻居的猫已经去世了。

猫去世之前，互联网已经大热，很多人都在微博微信快手等社交软件上注册了账号。邻居也是感受到猫的身体一日不如一日，就把猫的日常拍成了视频上传到了网上。

最初只是为了有朝一日猫不在了好以此作为怀念，没想到后来竟吸引了无数人观看，黑猫变成了网红，连带邻居也成了网红。

猫在最后的一段时间里仍旧爱吃，邻居拉着它锻炼，它走不了几分钟就要趴下睡觉。它是一只公猫，但体态看上去像怀了几胎即将临盆的母猫。

猫去世后，已经成为网红的邻居靠着接一些猫粮的广告，赚了大钱，他用这些钱买了房子、车子，娶了媳妇，日子过得比当年那些觉得他不务正业的人好太多了。很多人觉得他是命好，我却觉得，是他对猫的爱得到了回报。猫在最后的日子里，可能也怕他以后孤独无依，所以以某种我们无法得知的能力促使他成为网红，赚到了钱。

02

我原本以为，有了钱之后，邻居会再买一只猫。结果他却没有，他说猫的寿命太短了，撑死了也就活十来年，再养一只还是会看着它死，所以不如玩不会死的。

邻居口中不会死的东西，是一把吉他。

他学吉他的时候，已经三十多岁了，说实话，有点儿晚。很多人学吉他都是为了耍帅，他已经过了耍帅的年纪，眼看都要脱发了。他学吉他，纯粹是热爱这个东西，想琢磨透了。

但吉他毕竟不如猫那么灵泛，玩了一阵子吉他之后，他还是怀念他的猫，为了补上这份心灵空缺，他开始养鸟。

不过他不是用笼子养鸟，而是用院子养。他家里有很大一个院子，他平时就在院子里撒上粮食，还种了几棵树，于是每天总有鸟儿来，再后来鸟儿觉得这地方亲切，还在树上筑了巢。

鸟儿不止一种，冬去春来，南方北方的鸟儿都有。因为他养鸟，我也有了耳福，每天在我家的房顶，就可以看到那些五颜六色的小精灵。每天不出被窝，就能听到悦耳的鸟叫，就像住在大森林里一样。

有一只棕褐色的画眉鸟，是邻居的最爱，若是有几天不见这鸟过来觅食，他总要念叨，若是一大早见到这只鸟，邻居能高兴一整天。

画眉鸟在树上鸣叫的时候，邻居常常会吟诵一首欧阳修的诗：百啭千声随意移，山花红紫树高低。始知锁向金笼听，不及林间自在啼。

邻居的日子，就似画眉鸟一般，终日在林间自在啼鸣。我妈妈常常借邻居的人生感叹：有福不在忙，没福瞎慌张。

03

邻居的幸运，让我明白有些人是单独靠热爱就可以活着的。有些人觉得活得累，活不下去，通常是因为心中没有热爱的东西。一旦有所爱，忍耐力就会变强，运气也会变好。因为当你毫无保留地热爱这个世界的时候，这个世界也会毫无保留地热爱你。

和邻居相反的是我的一个小学同学，从小什么爱好都没有，唯一的特长就是听话，因为自己没有追求和喜爱的事情，于是家里让干什么就干什么。年少的时候，他也算是安安稳稳健康成长，等父母渐渐老去，没有人安排他去做什么了，问题就来了。

因为不热爱任何东西，他常常心怀怨念，看到有人秀恩爱，他要抨击一番；看到有人做好事，他也质疑人家心怀不轨。以这样的心态活了三十多年，早早就脱了发，变得面目可憎。

他的破坏欲特别强，见不得别人好也就算了，就是鸡鸭猫狗挡了他的道，他也要冲过去踢上一脚；看到洁白无瑕的墙壁就想乱涂乱画；看到透明好看的玻璃就想丢颗小石子砸碎了。好像不搞点儿破坏发泄一下，他就体会不到自己存在的价值一样。

因为有这样的同学和邻居，我就常常劝自己，一定要心中有爱，就算怀才不遇，也不可以怀恨在心。

我爱美景，就努力赚钱去旅行。樱花开了去东湖看樱花，油菜花开了去婺源看油菜花。我爱美食，就努力赚钱去吃好吃的，日料好吃就吃日料，火锅好吃就吃火锅。长沙和成都美食多，就在这两个地方待上几年。

我爱读书，就买了几个书架，上面塞满了书，有事没事就抽一本来读。我爱写故事，就把写出来的故事投出去，出版成各类图书，让无数人可以看到。

积极地做这些事情的过程中，收获是大于付出的，整个人也变得越来越豁达快乐，有人再跟我说玩物丧志的时候，我总是以人无癖不可深交来反驳之。

人生的意义，有时候就藏在那个小小的，或许不被大多数人认同的癖好里。能够坚持守着一个癖好，这一生就不算虚度。当然，这癖好最好是利人利己的。损人利己的癖好，一般都坚持不了太久。

为什么有些企业家后来变成了慈善家，为什么他们要回报社会？除了善良，更多的原因是，如果一个人成功后不回报社会，很快这个人乃至这个企业就会被淘汰。

路走多远，路走多宽，全看你爱的人和事有多少。邻居并不算是个爱人的人，但是他爱动物爱自然，久而久之，他的爱便成就了他。

做一个勇敢且真诚的人

01

英雄并不一定都要被无数人膜拜，平民英雄也是英雄，家庭英雄也是英雄。能够一辈子在家人面前顶天立地说到做到，也是件不容易的事情。

我的爸爸虽然不支持我写作，但在很多人面前，他其实算是英雄人物了。比如说和他打过交道的生意人，无一不说他为人诚信，从不售卖假冒伪劣产品，也从不坑蒙拐骗。有人说无奸不商，而我爸从商期间，从未做过偷奸耍滑之事，当然他因此付出的代价是没赚到过什么钱。但我觉得这是值得的，虽然说经商是为了赚钱，但若因为赚钱丢了做人的根本，还不如做穷人。

所以在经商方面，我爸可以说是英雄人物，我曾经短暂地接手过我们家的生意，去过我爸供货的那个片区，提到他的名字，人人敬重，有些很难谈的客户，也因为他的名声，迎刃而解。这是单纯为了赚钱的精明之人获得不了的尊重。

除了经商，我爸还做过很长一段时间的农民。在开荒种地方面他也是一把好手。退休养老之前，他承包了大量的荒地，为了这件事，妈妈还和他起过争执，说那么多的荒地一个人怎么种得过来，如果承包器械，那付给器械的费用远大于收成。

最后我爸还是把那些荒地变成了良田，后来还种了一些树。在爸爸看来，农民最大的失职，就是让地荒着。做人不能投机倒把，有收成就种地，没收成就让地荒着，这样的人呢，不能算是合格的农民。

我一再强调过，作家不能为了金钱写作，不能为了发表写作，应该为了内心那份不能平静下来的世界写作。

如果为了发表为了金钱而写，那发表赚钱之后，人就会堕落。

很多作家都是这样，当他是小人物的时候，他写的小人物入木三分，因为写得好，他因此成名，成了大人物。

成为大人物后，他却不会写大人物，还是写小人物，这时候他写的小人物就四不像了，因为他已经脱离了过去的生活，他已经忘了本。

我最喜欢的国内当代作家是贾平凹，因为他十年如一日地写作着，笔耕不辍，不管是做普通人时，还是做了作家协会的主席，他关注的永远是秦岭那些山民的事情。这样的人坦坦荡荡，这样的人只靠作品说话。

02

长大之后，尤其是进入了出版圈子，我见过太多靠颜值而不靠作品说话的人。所以我总是对自己说：你很笨，但勤能补拙，你除了勤奋，不要想其他的歪门邪道。

作家就是作家而已，是为内心发出最真诚的声音的一批人，也是有担当讲道义的一批人。所谓文人风骨、大家风范，若没有了这份风骨，那其实并不适合做一名作者，更成不了作家。

人生在世，被名利诱惑，被欲望裹挟，总是会做出一些情非得已的事情，说一些言不由衷的话。

说了那些话、做了那些事不可怕，可怕的是不知悔改，不及时停下来，还总是为自己找借口。

曾经有人说过一番看上去很有道理的话——这世上是有近路的，不要以为世上没有近路，那样只会白白浪费时间。

我看到这番话的时候，第一反应就是，走近路的人虽然节省了时间，却看不到走远路的人看到的风景。

我也算是走过近路的人，但我从不劝人走近路，因为近路比远路上拥挤多了。

我羡慕崇敬那些敢于走远路的人，就像我经商多年却没有赚到钱的爸爸，我对于他做的许多事情都不认可，他也不认可我，但唯独诚信经商这件事，我觉得他做得好，是个男子汉，我为有这样的爸爸而感到骄傲。

我希望等我六十岁的时候，还能这样写。就像贾平凹那样，写出好作品来，可以孕育一方人。如果写不出好作品，做一个好人，也能给身边的人树立一个好榜样。也许这样的话显得很傻，但是不要紧，现在聪明的人太多了，说一些傻话，做一些傻事，反而变得可贵了。

让生活多一种可能

01

前些天看电视，看到第三季《中国诗词大会》的总冠军，是一个送外卖的，被他击败的人中，有不少名校的学霸。

送外卖的已经三十七岁了，拿了冠军后，有人说，他还是得回去送外卖，还不如让那些北大学霸拿奖，那样人家学霸可以更进一步。

说风凉话总是容易的，活得充实何其艰难。送外卖的拿奖不是偶然，背后是他十多年对诗词的热爱、背诵和默写。

这样的例子还有很多，我在读艺术学校的时候，就遇到一个插班生，已经四十岁了，带着孩子来上吉他课。

当时就有人对我说："他已经那么大年纪了，学吉他有什么用呢？还不如专心干好自己的本职工作，多赚点儿钱。"

我当时无从反驳那个同学，我当时甚至觉得同学说得也有道理，毕竟我们这些十几岁的孩子学吉他是为了梦想，为了以后从事音乐工作。那个四十多岁的插班生，已经娶妻生子工作多年，还来学吉他干什么呢？

看完第三季《中国诗词大会》，我明白了一件事。其实做什么工作都可以，工作不分贵贱，但人分贵贱。有快乐的洗碗工，也有不快乐的大富豪。

大富豪为什么不快乐？因为他生活得很狭隘，生活里只有金钱。洗碗工为什么快乐？因为他背诵诗词，还憧憬着诗和远方。

我那个插班生同学也好，获得总冠军的外卖哥也好，他们的梦想可能就是为了做一个与众不同的、快乐的、自信的或者说儒雅有文化的送外卖的，可能就是为了做一个有一点儿文化内涵、艺术细胞的爸爸，好影响自己的孩子，好影响自己身边的人。

他们活到快四十岁还没有放弃学习，没有放弃梦想和追求，已经比太多人优秀了。现在很多人在学校的时候就已经自暴自弃了。

很多年轻人还没有上战场，就已经放下了抵抗，只要生活的屠刀还没有落在头上，就混吃等死，直到有一天被生活束缚死了，无法挣扎，一辈子也就行尸走肉地活下去了。这样的人，就是传说中的那种虽然还活着却已经死了的人。

02

我刚退学的时候，也不知道自己能够干什么，确切地说，是我想做一些事情，但没人支持我。那时候我才十四岁，没有人给我钱支持我，我啥也干不了。

我被困在西部那个小村子里，每天郁郁寡欢闷闷不乐。我那时候最爱读郁达夫的作品，觉得我和这个世界格格不入。

但我又不想像祖辈父辈那样做一个农民或者商人，就算是以后迫不得已要做农民和商人，我也不想做一个父祖辈那样的商人。

于是我就跑步，村子南边有个山岭，岭上无人，我每天都跑步到岭上，跑累了，就掏出一本《唐诗三百首》来背诵。

那时候虽然不知道以后能干什么，但我想锻炼身体让体质变强总是没错的，休息的时候背诵一点儿诗词，也不算是浪费时间。

后来我音乐之路没走通，走上了写作之路，在写小说的时候，我发现当年我背诵的那些诗词歌赋帮了我大忙。因为小说三要素——语言、人物、故事，背诵了无数诗词之后，语言那一关，轻松就过了。

当年受胯下之辱的韩信在没有人给他军队让他统率的时候，他只能等待，只能准备。

好在等待并不是件无聊的事情，等待的过程中可以培养耐心。拥有足够的耐心，才能在成功后不至于得意忘形摔下舞台。

我们可能没有韩信那么厉害，可以将兵无数，但是我们其实和韩信一样，在年少的时候，做的都是准备工作。

如果说成人后，进入成人社会就是上战场的话，那么成人之前，也就是还年少的时候，我们准备越充分，以后获胜的概率越大。

如果那时候有人跟我说，你以后要种地要经商的，背诵诗词有啥用？跑步有啥用？有力气还不如放在农田里，有心思还不如琢磨怎么做好小买卖。如果那时候我听了别人的劝说，认命了，放弃了追求，那我后来也不可能出版那么多书了。

或者说，如果那时候我不做准备，而是混吃等死去打牌打游戏，那么有一天就算让我去写，有人给我机会出书，我也写不出一个字来了。

03

年少的时候，不能提前斩断生活的可能性。就像我过去不爱学英语，我觉得我又不出国，我学英语干什么。等到有一天，我交了个留学回来的女朋友，我们需要出国旅行的时候，我才发现，当年我草率地放弃英语，是多么错误的决定。

甚至都不用跑到国外，跑到澳门，都有无数听不懂普通话的东南亚餐厅，如果不会英语，我独自出门，连吃一顿饭都困难。

想要放弃一件事总是容易的，我记得我放弃英语那门课程的时候，我其他科目成绩都接近满分。我觉得放弃一科，对我总成绩影响也不大。

后来的结果是，我放弃了英语后又放弃了数学，一科科放弃，最后我只剩下语文和历史两门功课还算凑合，等到升学考试的时候，我想不放弃升学，就要从头把其他功课学起来。

积重难返，我当年离开学校，现在回想起来，既有音乐梦想方面的诱因，也有无路可退的那种逃避。

老人常说技多不压身，我过去总觉得有一技傍身就够了，现在越来越发现，在竞争无比激烈的社会中，一技之长是不够的。在做好本职工作之余，能够多学一点儿其他技艺总是没坏处的。

换句话说，当你去找工作的时候，有个人专业能力跟你一样，可就是因为他会唱歌跳舞或者会排版公众号做PPT，那唯一的岗位就给了他，而你只能继续找下去。

04

我也常常以我没有读过初中就写成三十本书来激励别人，但换句话说，如果能够让我读完北大中文系，再出三十本书，我又怎么会拒绝呢？

仅有一技之长，不能够多才多艺，是我的遗憾。如果时光倒流，我一定会在刚接触到外语的时候就好好学习，就算以后我去做一个农民和商人，一个会外语的农民和商人，总是比什么都不会的农民和商人机会更多一些。

所以当你还不确定你未来做什么的时候，千万不要过早地断送了你人生中的无限可能。实在不知道怎么准备，不知道干什么的话，去跑跑步背背诗也是不错的，只要别沉迷在游戏的牌桌上，别宅着玩手机弄坏了身体就好。

人生是一个起起伏伏的过程，在伏的时候，不要气馁，不要害怕，不要暴躁，耐心等着起的时候到来，那样等有一天起的时机真的来了，你才能发挥得更好。

熬过无人问津的时光，才谈得上诗和远方

不管自己起点多低，不管生活多么艰难，只要坚持不懈地努力，上天总会给你回报，也许迟一点儿，但不会让你的努力白费的。

熬过无人问津的时光

01

在别人眼里，我也是那种轻轻松松就能获取成功的人。我前阵子出了本书，叫《你为什么活得如此艰难》，我在做宣传的时候，看到有人评论说："你可以自由自在地追求梦想，是因为你不用负担家庭的重任，如果你家里很穷，一毕业就需要养活整个家庭，你还怎么去追梦？"

我当时没有直接回答那个人。但是他的话，还是让我想起了不少往事，想起了我自己的艰难岁月。

持狭隘思维的人，总是喜欢在看到成功人士的时候，不去学习人家成功的地方，而是去质疑和反驳，把对方拉得和自己一样低端，从而获得一种庸俗的快感。这种事情做多了，人的思维就会固化，就会觉得天生条件不好的人，就不可能成功，只能困在贫穷的生活里，一辈子做牛做马。而那些成功的人，天生就有好条件，不需要多努力，就能成功。有了这样狭隘的思维之后，就只能做一个庸俗的、碌碌无为的人了。

事实上呢，有钱人家的败家子比比皆是。困难家庭里也出过不少杰出人士。比如说《权力的游戏》里那个一米三五的"小恶魔"，他的扮演者先天患有软骨发育不全症，身高永远停留在一米三五，长期被人嘲笑。

虽然他很努力地考入了名校，但毕业后还是没什么收入。作为编剧，他写的东西没人看，他去创业也因为没有经商头脑而很快就把公司搞倒闭了。

最惨的时候，他交不起房租，连住的地方都没有，只能睡在同学的沙发上。甚至为了有钱吃饭去做除草工这样的工作。

后来一直到二十九岁，名校毕业的他都没什么成就，没有成就也就很难有女朋友，他每天的生活，就是赚点儿小钱勉强够活下去。后来去了演艺圈，他也没有立刻获得成功。演《权力的游戏》大获成功时，他已经四十六岁了。他能够成功，靠的就一句话——“坚持不懈地努力”。

不管自己起点多低，不管生活多么艰难，只要坚持不懈地努力，上天总会给你回报，也许迟一点儿，但不会让你的努力白费的。

02

提到别人成功的经历，总是不那么能说服身边的人，毕竟那些人是那么遥远，遥远到像讲电影故事一样。

其实如果换个角度，我们每个人的人生，都是一场电影。时光倒退到2004年，我那时候，和大多数人一样，心怀梦想，却被现实困住。我想要做一名歌手或者吉他手进入音乐圈，可是我看不到路在哪里。我想当一名作家，可是我给无数的杂志社投稿，都没有收到用稿通知。

我清楚地记得，从2003年到2005年，我投了两年的稿子，没有一篇投中，那是暗无天日的两年，我的女朋友忍受不了我的平凡离我而去。我也嫌弃自己痴人说梦好高骛远。

但现在回过头看，也正是那两年的屡战屡败，屡败屡战，让我的写作功力突飞猛进，为后来的成功打下了坚实的基础。

时光倒退到2001年，我连梦想都还没有，我不知道自己想要什么，只知道自己不想要什么。我不想过平凡无聊的日子，不想背永远背不完的单词，不想写永远写不完的数学作业。

那时候我做了什么呢？那时候我天天背诵古诗词，唐诗宋词元曲加起来背了超过两千首。背诗词歌赋对那时候的我来说就是一种发泄。发泄对现实的不满，对平凡的不甘。当然，主要还是发泄迷茫，因为不知道以后要干什么，不知道干什么才好。

那时候伴随我的只有冷眼和嘲笑。我的家庭并不富裕，爸爸早就想让我帮他打理生意，那时候我家里还是负债状态，哥哥结婚用钱都要东拼西凑。遇到那种要彩礼超过五位数的提亲者，我爸都不敢让我哥去跟人家见面。

03

出身平凡，家里往上一代数，不是农民就是小商人，从未出过文化方面的人才。这样的我，只能靠自己，只能不断地坚持。因为我知道，只要我还在坚持，就有成功的希望；只要我放弃，就意味着我此生再无成功的可能。就像做实验，不怕你失败九百九十九次，只要你还在做，就有成功的可能，就怕你不做了。

如果单用我的事例不足以说服人的话，其实我还可以举很多身边人的例子。比如说我的好朋友艾鹿薇，跟我一样写了至少十年，但一直不温不火。直到有一天，有杂志社找她开专栏，那个杂志被人喜欢，连带她的专栏也被关注到，后来把专栏整理成书，她才大红大紫。但如果没有十年如一日的坚持和努力，如果她中途放弃写作了，哪儿还有后来的畅销和成名？

还有马頔，2014年ONE（一个网络阅读平台）作者聚会，马頔也去了现场，那时候他还是小众偶像，唱歌之余，还在写作。他最广为流传的《南山南》那时候还只是在文艺青年的圈子里流传。

到2015年，他突然，也可以说是必然地走红了，他开始在体育馆开演唱会，开始去国外演出，甚至连街头的美发店都在放他的歌。在很多人看来，这种意外成名是好事，包括宋冬野在《董小姐》被翻唱之后的成名，很多人也觉得是意外成名。

但其实深入去想，上电视的人多了，被翻唱的人也多了，为什么他们能够成名？当然是因为他们足够好，当然是因为他们一直在坚持。

只有一直在坚持做好的作品，有一天才会被放在更大的舞台上，才会被关注和认可。让某个人成名的永远不是某个平台，而是那个人本身的坚持。

“巧妇难为无米之炊”，平台就是“巧妇”，默默坚持做好作品，打死都不愿意放弃的人就是“米”。“米”比“巧妇”重要，“巧妇”就像是机会，抓不住这个还有可能抓住下一个。但若没有金刚钻，给你一个瓷器活儿，你也只能大眼瞪小眼。

现在很多年轻人不努力打基本功，却渴望被所有人关注，渴望一朝成名，其实是本末倒置了。因为假如你没有打好基本功，没有真才实学，那你被关注了，才是你苦难的开始，你只能像小丑一样度过你的余生。

不怕没有人关注你，怕的是关注后，你什么也拿不出来，你没有什么可供人崇拜和喜欢的。

04

时光倒回到1996年，我还在读小学，在一个西部贫穷的农村，能够考上一所不错的大学，就是那时候我周围人对我的最大期待。

那时候，我的梦想呢，也不过是离开我们那个小村子，去县城买套房子。到县城生活固然不能满足我，但那时候如果说我以后能在市区买套房子度过一生，我肯定会高兴坏了。

那时候，以我的眼界，在市区生活，就是在天堂生活。因为市区有电影院，有大马路，有大商场，有漂亮的年轻人穿着漂亮的衣服在公园里聚会。

那时候，如果我对我爸妈说，以后我要去市区生活，我不下地干活了，肯定会被我爸爸揍一顿。因为他不觉得我是有梦想，只觉得我是在偷懒。

只有我帮着爸妈下地干活了，农活才能早点儿干完，爸爸才能早点儿出去做生意赚钱，赚到钱我们才能吃到肉。不然就只能每天吃玉米粥、煮红薯了，菜也永远是大白菜和萝卜叶或者红薯叶。

05

前阵子我姨妈生病，我回去探望。姨妈家还在我小时候生活的小村子上，我回去的时候一路上都有人在跟我打招呼。我虽然用的是笔名，虽然很低调，但是整个小村子都知道，某某家那个小儿子，现在出息了，不仅仅在县城市区买了房子，还去省城买了房子。

在我们那里的农村人看来，一个人变成了作家写了三十本书，不算是多大的成功，因为他们不知道那意味着什么。包括我过去拿了“新概念作文大赛”的奖、入围了“TN文学之新（全称‘文学之新全国新人选拔赛’）”，甚至还和余华、阿来等我过去崇拜的作家并列成为“2017年年度影响力作家”，这些在村里人看来，都不算是什么成功。在村里人看来，成功就是有钱，买了很多房子，买了车，去很大很大的城市生活。

时不时会有村里的年轻人在我的微博或者微信公众号留言，找我确认，问我是不是小时候生活在某某地的某某某。得到确认之后，他们很兴奋，就像看到了希望——看到了穷人、贫穷落后地方出身的没有助力只能靠自己的人，也可以成功地过上理想生活的希望。

06

我今年三十二岁了，其实我真正过上相对自由的生活，也不过只有六七年而已。我出版的前六本书都不畅销，直到第七本畅销了，我才算生活得好了一点儿。

在作家这一行，比我优秀的人还有太多太多，我始终认为我在路上，我还没有达到我的巅峰状态，我还不够成功。

我所认为的成功有两种，一种是我真的写完了一百本书，完成了高产高质这一目标；另外一种就是像一些富商那样，赚了很多钱，衣锦还乡，用赚来的钱，建设自己的故乡。

目前这两种成功我都没有完成，不仅仅没有完成梦想，我还把身体累垮了。

我常常要去医院，但好在在写这篇文章的时候，我已经找到了解决身体问题的办法，所谓“久病成良医”。我现在虽然还没有成为足够优秀的作家，但已经成为优秀的中医了。

我把我的身体当作试验品，我病了，没什么了不起，我能够战胜病魔，就像战胜生活中的那些琐碎的困难一样，我不会放弃治疗。

有那么一段时间，身体太疼了，疼得我想放弃一切，疼得我觉得我没救了。但疼痛过后，我就尝试新的疗法，不断地换取新的药物。终于，现在我渐渐地康复了。

人生的困难就像是病魔，你越是害怕越是躲避，离死亡就越近。当你无畏地去面对、去抗争的时候，病魔不知不觉中就消散了。

那些成功的人，其实都没有什么秘诀和助力，他们只是战胜了自己，今天比昨天的自己进步了一点点，明天又比今天的自己进步了一点点，久而久之，他就成为战无不胜的人生赢家，看上去他好像战胜了一切，其实他只是战胜了那无数个想要放弃、想要逃避、想要偷懒的自己罢了。

欲戴王冠，必承其重

01

西方有一句谚语很出名：“欲戴王冠，必承其重；手握玫瑰，必承其伤。”

有一次我看综艺节目，看到两个明星都说起他们在中央戏剧学院读书时的经历，他们都说那时候压力很大，一度想退学。

刚好我有个演员朋友毕业于中戏，于是我就问了她一些上学时的经历，在我看来，考上名校后高兴还来不及，怎么会想退学呢？退学的不应该是我这种考不上名校的人吗？

朋友跟我说了一番话，那番话就像一面镜子，照清楚了我的内心世界。

朋友说刚考上名校的时候，当然开心，但是随之而来的就是压力，因为名校，势必会聚集从全国各地考进来的精英，他们可能都比你优秀。你本来在一个小地方挺优秀，挺有优越感的，突然换了个环境，身边的人不但都不比你差，有不少还比你强很多。

朋友说她的抗压能力强，所以这么多年过来也没事，她的同学中有不少都因为这种压力得了抑郁症。

这好像是很多人的心理问题，就是在没有得到一个东西的时候，把那个东西想象得格外好，真的得到后，会发现自己根本承受不了。

比如说没考进名校的人，总觉得名校特别好。没出国留学的人，总觉得出国留学特别好。

但其实真的进了名校，可能会遇到更大的挑战，还不如在普通学校轻松些。真的出国留学了，你可能会发现周围的留学生太多了，你出来了，只是比你过去的朋友多走了一步，很快你又会有一批比你优秀的新朋友。

就像国外那句谚语所说："欲戴王冠，必承其重。"大多数时候，抗压能力是人最需要具备的能力，如果没有这种能力，那么在其他方面的优秀，可能会给自己带来灭顶之灾。所谓"峣峣者易折，皎皎者易污"就是这个道理。"阳春之曲，和者必寡；盛名之下，其实难副"。

02

现在很多人就只想佩戴王冠，不想承受其重量，或者没有承受重量的能力，那样去追逐王冠的时候，很容易被压垮。

美好的人可以戴上王冠，但抗压能力不强，一定不能长久佩戴王冠，因为一旦你戴上王冠，就会有人来竞争，就会有非议。

做普通人的轻松之处就在于此，你一无所有，就没有人理你，不管你高兴也好悲伤也罢，都是你一个人的事情。但假如你戴上了王冠，你的悲伤和快乐就会关乎所有人。

其实仔细想想，如果我们放弃了名利心，爱上了平凡之路，那我们一生可能会快乐得多。但要达到这样的境界太难了。正在执笔写作的我，都还有功名心，还想要立言、立功、立德于世。虽然这些不是我生活中最重要的，但要彻底摒弃还需要很多年。

所以说我们的一切烦恼，可能都来源于我们持续不断的欲望。

03

人的一生只有一次，有的人选择循规蹈矩，有的人选择不顾一切走一条险路。

客观地说，选择哪条路都没错。只不过我们的选择决定着我们的未来。我自己是选择不顾一切走一条险路的，我写过的三十多个主人公，比如麦言、马笛、苏然、顾吉也都是这样选的，这可能是我和我笔下的人物唯一相似的地方。这种选择，无形中构成了我笔下人物的内心轴，不管他们遇到什么事情，选择都不会变。这也是我和我笔下的人有别于其他人的最明显的特质。

在我看来，青春最可贵的品质就是追求自由。虽然一味地提倡解放个性放飞自我也不好，但人在年轻的时候，狂放一把也无妨，反正都是要老的。老了，许多事便由不得自己，想狂也狂不动了。

当然，还是开头那句话："欲戴王冠，必承其重；手握玫瑰，必承其伤。"我们的选择决定了我们的未来，我们选择什么，就要对什么负责。

夜深人不静

01

我习惯在凌晨三点到七点之间写作，这段时间世界最安静。我很少熬夜，一年至少有三百五十天是在九点之前睡觉。

很多人好奇我的作息，觉得作家不都是深夜写作，夜深人静的时候灵感最多吗？

其实大多数现代人夜深了哪会睡，十二点在外面吃烧烤的，凌晨一点还在蹦迪的，两点还在网上聊天的大有人在，但是三点就肯定没人了。三点到七点才是真的最安静的时候，你在网上发什么，都不会有人回复你了。

我发现这个时间段最安静，是在宝鸡的时候，那时候我想写一部酒吧题材的小说，就去酒吧做服务生体验生活，每天晚上八点上班，凌晨三点下班。下班后走在回家的路上，感觉和白天看到的城市完全不同。整条街就你一个人在走路，也没有车，你被孤独感包围着，你又好像拥有了整个城市。

从那以后，我就养成了三点思考人生的习惯。再后来我发现刚睡醒的时候精力最充沛，思维也最活跃，于是我就习惯早起写作了。这么多年能保持高效且专注，也都是靠着这一良好的作息。

02

在微信公众号兴起的时候，身边有人劝我好好经营、每天更新，经营好了就可以赚广告费了。

我说我赚钱的渠道有很多，微信公众号和微博只是我和粉丝沟通的地方。更何况如果天天更新，那我很快就会精疲力竭。

我是那种一个月里二十天都在休息，剩下十天疯狂写作的人。如果让我天天写，我会觉得我变成了机器。这也是我一直没有去写网络小说的原因，网络小说就要求作者天天更新，而我想决定我自己的作息时间，不想被任何人决定。

如果你的时间被人被事决定了，那你这个人就不再由你自己做主了，你变成了被绑架的机器。现代很多身不由己的人，被金钱之类的物欲绑架，被手机、电脑绑架。

而想要解救自己唯一的办法，就是解放自己的时间，什么时间段做什么事情必须由自己来决定。

03

我曾经有过一段美好的爱情，那时候我很穷，但女孩子不嫌弃。我们在一起度过了一年快乐的时光。

后来因为穷，被女孩的父母嫌弃了，我就想快速致富，快速致富的办法就是奉献自己的时间，我把所有的时间都用来赚钱了，这样就没有时间陪女朋友了。最后钱没赚到，女朋友也和我分手了。

回顾往事的时候，我常常会想，那时候真是傻，为什么那么简单的道理都不懂？我唯一的魅力就在于我可以自由地控制我的时间，当我交出这一魅力的时候，其实就等于交出了我的一切，任人宰割。

所以后来我再也不听别人关于赚快钱的劝告，有些东西得到得快，失去得也快。

就像我在写这篇文章的时候，有读者问我，说他想花钱学习公众号写作，说有很多大神授课，交了钱就能学到怎么写爆款文章。

我问他："你喜欢那些文章吗？"

他说："不喜欢，那些文章戾气太重。"

我说："那就对了，你自己都不喜欢，为什么要去写？就因为那些文章可以带来十万加的阅读量？就因为那些文章可以让你红？"

那些靠话题传播的文章，都是一时的，那种写作方式，也是一时的，而写作是长久之计。

也许三十年后你还在写作，但三十年后，你学到的公众号写作方式绝对不可能还在流行。

后来那个读者听从了我的劝告，开始慢慢读书，开始写更有深度的文章。我不知道他后来会怎样，但我可以肯定的是，他有了独立思考的能力，这一生做什么事情，都不会被误导了。

04

在凌晨，万籁俱寂的时候写作，内心还会生出一种崇高感。好似众人皆醉我独醒，众人皆浊我独清。

但这种崇高并不能维持太久，在人群中，我们为了面子，常常把自己伪装得很强大。但是当四下无人，自己面对自己的时候，你知道你还很弱小，面对你的内心，你无处逃避。

这些日子我在整理旧作，写了十几年，有些早期的作品已经绝版了，有出版公司找我谈及再版，我整理之后发现，值得再版的屈指可数，大部分更适合消散在历史的烟云中。

为什么我不能一直写出经典的作品呢？为什么我写了三十本书，只有那么几本能够十年后再看还能获取新知呢？

我倒不是说我早期写的都不好，其实我还是很喜欢我早期的作品的，我是觉得，我那时候关注得太多、太杂。

就像现在的人打开微博，什么明星情事、富豪家事都想点评一下，最后则变成了大杂烩。

如果我从一开始就只专注于一个领域，不顾左右言其他，那我现在写有些东西的时候就不会力不从心了。不过现在明白了还为时未晚，想到还有很多年可以矫正，也就不害怕转眼又过去一天了。

另一种活法

01

微信里有个小程序，有阵子很流行，叫“足迹”。我去玩的时候，发现自己已经踏遍了三十四个省区中的三十三个，但是只去了一百多个城市，而全部的城市是六七百个。

我超越了全国百分之九十九点九的人，却没有超越自己。我行走了十七年，才走了不到六分之一，而且有些省份我只去过省会城市，对于省会下面的小城市一概不知。由此可见，我国的面积是多么大，大到多数人一辈子都走不完。

我不止一次说过，我爱旅行胜过写作。尤其是最初，我写作就是为了攒钱，攒够了就去远方开阔眼界。不过后来写多了，养成了写作习惯，几天不写就不舒服，但有时候生活乏味，实在没什么可写的，这时候我就开始旅行，这种旅行不太纯粹，是为了写作的旅行，为了让思维活跃起来才上路。

不过，这样相辅相成，十多年了，我还能继续写，还不觉得累，还没有把自己写空。我觉得我要感谢自己选择了把旅行作为人生的主题，如果换个主题，且不说我是否会更快乐，首先可以肯定的是，我一定写不了那么多书。所以说目前这种活法，是我最满意的活法，在没有找到更好的活法之前，我只能继续这样活下去。

国内剩下的我没去过的五百多个地方，我打算再挑选几十个我比较中意的地方去玩一圈，然后就开始去国外，我算了下，等于从十四岁开始，我在国内走满二十年，就差不多走遍我想去的地方了。然后就可以去国外走二十年，我这一生就算圆满了，剩下的光阴就可以窝着下象棋了。

其实我早想去国外看看，我到现在都还没出过国，一来是觉得自己本国的风景还没看完；二来是自己外语太差，怕出去了就变成了“聋哑人”。现在好了，我女朋友外语很好，还在国外生活过，有她陪伴，去哪儿都没问题了。

02

我曾经想过，假如我放弃旅行和写作，换一种活法，我的人生会怎样，好像最后只剩下下象棋了，当然，做个“棋王”也蛮好的。

我从八岁开始下象棋，十四岁时方圆百里已经鲜逢对手。没有对手的日子是寂寞的，我很小就体会到了独孤求败的感觉。好在很快有了电脑，电脑自然不是我的对手，但是电脑联网后，网上的高手就多了。

我不断找人切磋，把两个QQ都从九级棋手下成了特级大师，最后终于遇到了劲敌。那是一个专业的象棋选手，拿过省级比赛的冠军。我总是输给他，一来二去，我就想，我过去是高估了自己，自己毕竟是业余的，一个省级象棋冠军就把我难住了，那我自己最多也就是市级水平，而国内有几百个市，也就是说和我不相上下的有几百人。我年少时争强好胜，一想到比我厉害的人成百上千，就不再想把一生的时间都用在象棋上了，但这毕竟是我最初的爱好，后来开始旅行了，在路上看到有人下棋，总是忍不住要停下来看看，这么多年过去，回想起来，最美好的时光，好像就是在四川时痛快下棋的日子。那时候遇到了个不错的对手，年纪比我大一轮，刚退休，时间非常充裕，我一有时间就去找他下棋，一下就是一天。后来若不是要赚钱，我可能会和他一直下下去。

开始写作后，我也在微博公开发起过象棋挑战，和多个出版公司的老总以及畅销书作者切磋，最后发现出版写作圈子里热爱下棋的人大多是“三脚猫功夫”，不堪一击。倒是有个读者的爸爸挺厉害，也拿过市级的象棋比赛冠军，输给他后，我年岁渐长，需要负责的事情多了，下棋的次数就更少了。

世界太大了，只要下棋就会有输有赢，没有人能常胜一生。不过下了二十多年棋后，我对输赢倒不是那么看重了，更在意的是有没有合适的对手。

03

我常常想，人要是不用为生计发愁多好，如果不能躲在图书馆里看一辈子书，能有个不错的对手下一辈子棋也好。可惜人总是要为生计奔波的。

人在为生计奔波的时候，难免会畅想退休后的生活。可若真退休了，多半要伤感，一生就这样过去了。

所以也许人生就是要折腾吧，放弃折腾了，通常也就只剩下等死了。我折腾在写作和旅行圈子里还算是好的，毕竟这算是文艺圈子。

反观我家里人的活法，爸妈是农民，一辈子和庄稼地打交道，农闲时还好，农忙时收割玉米是很累的。我很小的时候就扛着麻袋，麻袋里装的不是小麦就是玉米。那真是养尊处优惯了的人想象不来也承受不来的活法。

我哥哥经商，一辈子开门做生意，为货物和钱财奔波，到年底才能休息，也是很辛苦的活法。我姐姐好一些，读完了研究生，在城市里找了份工作，但一辈子也是为人打工，赚不到太多钱，活得也不尽如人意。

我算是我们家里活得最潇洒的一个，但我也有我向往的生活。所以可能这世上所有人，不管是哪种活法，都会对别人的活法有所憧憬吧。

好在人比动物自由，乳牛的一生只能挤牛奶给人喝，养鸡场的鸡和羊圈里的羊每日吃饱了上膘，最终只能走上人的餐桌。人却不同，不管你身处怎样的境地，未来都可能会翻身。

“学渣”可能变成“学霸”，像我这样出身农村、早年退学街边闲混的少年可能会变成畅销书作家。只要你肯努力，你随时可能换一种活法。

我现在回想起我在农村种红薯的少年时光，感觉像是上辈子的事情，可事实上，也只是过去了十几年而已。人生那么长，如果十几年就能让人生变个模样，为什么不去试试呢？我记得有一年我因为考驾照的事情回到故乡，发现年少时在我隔壁跟我同时种红薯的少年已经结婚生子，只不过他依旧在种红薯，过去是像我一样跟着爸爸妈妈种红薯，现在是带着他的老婆孩子一起种红薯。我跟他打招呼，遗憾的是一别十余年，他已经认不出我了。

我在出版了一些书后，有一些男性读者给我留言，问我如何发表文章，在哪里出书，说他们也有写作梦想要实现。

我们很多人所谓的梦想，其实就是想换一种活法。这种梦想可以去追求，但不应该要求任何人的帮助和喝彩，更不值得别人为你的梦想买单。既然是自己想换一种活法，那就只能自己默默努力。这世上有很多捷径，唯独换一种活法这条路没有，你换的时候越想走捷径，换成了之后就活得越不踏实。同样，如果是通过努力得到了梦想的生活，你活着的每一天都是快乐的。

努力其实很简单，工作的人呢，就好好上班，做好手上的项目。想靠写作成名的人呢，就先多读一些书，这个多意味着比周围的人读得都要多，比国内十几亿人里百分之九十九的人都要多。如果一个写作的人还没有书店里随便找出的一个店员或者读者读的书多，那么这样的人写出来的书，不仅不会有人出版，出版了也不会有人看。

还是那句话，要想得到就要先付出。只想着享受成果而不付出劳动，可能是现在的年轻人最大的问题。

时间都去哪儿了

01

有一首歌在一段时间很流行，歌名就是《时间都去哪儿了》，我当时初听也感慨万千，感慨逝者如斯夫，不舍昼夜，但多听几次就麻木了，麻木是因为，感慨阻止不了时间流逝，感慨的同时时间就在流逝，与其感慨，不如抓住时间，毕竟时间其实就在我们身边。

我们和所有人一样每天都是二十四个小时，我们也和所有人一样都是有着双手、双脚、双眼，我们没有第三只眼、第三只手，也没有比别人更多的时间，但为什么有人看上去很优秀有人就比较一般呢？我想原因就是优秀的人抓住了时间，而一般的人任凭时间流逝而无所作为。

比如我写完一本书后，很快会写下一本书，如果有人出版我已经写好的上本书自然是好的，如果没有，也不影响我继续写。因为在我看来，写作和出版是两件事，不能混为一谈。但我的一些朋友，总是在写完一本书后，等着这本书出版，如果不出版，就不继续写，这样大量的时间被浪费了，因为出版考量的不仅是写作内容，出版是一种商业行为，考量的是全方面的问题，某个人觉得写得好不一定畅销，要读者和编辑都喜欢才行，而读者和作者以及编辑的品位常常不同。所以十五年过去，很多比我先出书先成名的人，都因为把出版和写作混在一起，而白白浪费了大量时间，半途而废之后再去做其他事，也一样会因为不懂节约时间而默默无闻。

02

我到长沙后脱离了自由撰稿人的身份，继续到公司朝九晚五上班，我买的房子与公司有一段距离，每天开车上下班要两个多小时，且不说开车时间长了对身体不好，在路上这两个多小时因为要集中精力开车，完全是浪费了。

于是我就在公司旁边走路五分钟距离的地方租了个房子，这样每天可以省下至少两个小时，不要小看这每天两个小时，一年就是七百多小时，折算下来就是三十天，也就是说我搬家后一年多了一个月出来。这一个月用来写稿子至少可以获得几万块稿费，而房租只需要三万多块钱，不开车还省了油费和停车费，虽然公司报销，但是省下来的油费周末可以去更远的地方玩。

总之，这样节约时间和精力的方法遍布生活的方方面面，正是这种对待时间的态度，让我渐渐和周围人变得不太一样。

03

我在北京的时候，也是因为时间问题就辞职了。我当时所在的公司距离我住的地方要坐两个小时的地铁，如果我搬家到公司附近，房租成本已经远远超过了我的工资，如果我要租便宜的房子，又降低了生活质量。

最初我选择在上下班的地铁上看书，因为北京交通发达，地铁很方便，不用像在长沙一样开车上下班，所以在地铁上可以抓住一些时间。我用在地铁上的时间看了一些书，但地铁上有时候太拥挤，还是会浪费一些时间，于是我就辞职了。

很多人以工作为生，以为辞职了就会饿死，其实也是不善于管理时间的原因。我们每天有二十四个小时，去掉睡觉的八个小时和上班的八个小时，还有八个小时，吃饭和上厕所以及锻炼身体完全用不完这八个小时，我们可以用这八个小时来学习或者从事第二职业，这样时间长了，自然会多一种谋生能力。

我在长沙的时候负责管理一个部门，我发现我的很多下属都有浪费时间的习惯，在上班期间看电视剧或者睡觉。他们的理念是，上班是为了赚钱，我只要来上班了就是赚钱了，不管我在上班期间干什么，我赚到钱了就不浪费了。其实这是很错误的观念。

如果一份工作很轻松，让你多出很多时间来做别的事情，你完全可以强化你的工作能力，利用空余时间来提升自己的行业竞争能力，这样你就可以更快地升职加薪，当你想要跳槽到更好的公司的时候，对方也会乐意接纳能力很强、很会管理时间的你。

如果你因为工作环境宽松就浪费时间，那等待你的也将会是平庸无聊的生活和平庸无聊的对象。

说到对象，其实谈恋爱也讲究合理安排时间。很多人都说，一辈子很长，要找个有趣的人过一生。很多人赞同这句话，却不知道这句话里包含合理安排时间的道理。

为什么是找个有趣的人而不是好看的、有钱的人过一辈子呢？因为一生中大多数时间都是无聊的，有趣的人可以帮你打发这大多数的时间。

好看的人和有钱的人却不能。因为你不可能所有的时间都在买东西，物质饱和之后会带来更大的精神空虚。你也不可能一天到晚享受对象的美貌，时间长了则会审美疲劳。

既然有钱和貌美有时无法达到人们的需求，那剩下的时间，就只能靠有趣来解决了，抛开睡觉，有趣可以解决一天十六个小时的需求。所以有趣就胜出了。所以找一个不那么难看的、有趣的人，是最节约时间成本的。

最后，还是那句话，时间就在我们身边，只要我们抓住了每天之中被我们浪费的一两个小时，一年下来，我们就比别人多了一个月的时间，就算不用来赚钱，去度假也是不错的选择。如果没钱度假，那就去学习一种技能，这样几年后，你就自然超越了你周围的人。不要觉得几年太漫长，因为时间浪费起来，总是比节约起来快得多。

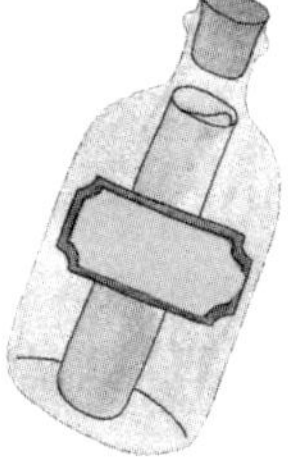

理想生活的价格

01

我最初写的标题是“梦想的价格”，写出来后觉得玷污了“梦想”这个词语，于是就把“梦想”改成了“理想生活”。

我觉得达则兼济天下是梦想，穷则独善其身是理想。但是现在很多人把独善其身当作梦想，穷了独善其身，达了也独善其身。

我一直觉得，个人主义者的梦想不是梦想，是欲望，赚到五百万怎么能是梦想呢？迎娶白富美也不是梦想。造福万千大众才是梦想。

造福万千大众的途径有很多，具体可以分为立德、立功、立言。古往今来流芳百世的人，都是立德、立功、立言方面的佼佼者。

同样，遗臭万年的，都是自私自利的个人主义者。所以有些人实现了他们认为的梦想并没有什么了不起，他们只是加快了遗臭万年的速度而已。

02

坦白讲，我也是有一些欲望的，尤其是在去了一些风景优美的地方之后，我更加觉得，自己离过上理想的生活还差很远。

什么是理想的生活？在我看来，就是在风景优美的海南岛有一座临海的小别墅，冬天的时候可以去温暖的南方过冬。同时在北方某座山上有座别墅，夏天天热的时候可以去避暑。

这一南一北两处房子，起码要耗资千万。对于我来说，这是理想生活之一，也是我现在还过不上的生活之一。我最多只能在冬天的时候去南方租个房子住几个星期，夏天的时候去北方租个房子待几个月。更多的时间，我要用来工作。

所以我理想的生活，就是工作，但不是为了赚钱而工作，而是为了兴趣做一些事情。

我相信很多人都有这样的愿望，而这些愿望真的是需要靠金钱以及才能来支撑的。

“理想生活”这个词语写出来很美好，读起来也美好，但落到实处，全是血汗。

如果一个人不努力，怎么过上理想生活呢？可能有人会说，“一个茅屋、几亩田也是理想生活，降低欲望，就会快乐”。

我不反对这种说法，我甚至一度赞扬这种说法，可如果一个人不想降低欲望呢，那就只能奋斗了。

我现在所努力的一切，除了兼济天下，剩下的就都是为了理想生活。我想在冬天和夏天的时候过理想生活，在秋天和春天的时候兼济天下。

03

我去过很多地方，有些地方我想住很久，有些地方住两天就想走人了。想住很久的地方，一个是在大理的洱海边上，从阳台上就能看到洱海。周围还有很多花草，像置身于童话世界。

还有一个是在澳门的威尼斯人酒店，酒店本身就是个度假村，附近还有很多漂亮的老建筑，公园也很美，待在那里，很多烦心事都消散了。热爱上网、热爱手机的我，也关闭了网络和手机。

所以我忍不住想，我们热爱网络，可能是因为我们在现实生活中太无聊了，如果现实生活非常美好，我们可能只有精力关注现实，没空待在虚拟的世界了。

这世上许多美好的地方建造出来，是需要人去享受的，而享受这些是需要付出足够的金钱的，所以对于大多数人来说，应该就是赚够了钱去享受。

04

理想生活当然离不开健康的身体，因为我在写这本书的时候患病了，所以我总是会提到健康。为了赚钱毁了身体是不值得的，所以我现在更多的时间都用在了休养上，只用很少的时间去写作和做其他赚钱的工作。

我想一个人的人生其实并不长，应该从十五岁，就确定自己的目标，然后花二十年去追求。这样三十五岁的时候，就可以享受生活了。

如果二十五岁才确立目标，那二十年后，身体已经很差劲了，越往后越享受不到什么了。再美好的地方，如果带着病痛，也感受不到那种美好。

孔子曾经说过，他十五岁就立志学习，三十岁就能够按照礼仪的要求立足于世，四十岁遇到事情不再感到困惑，五十岁就知道哪些是不能为人力支配的事情而乐知天命，六十岁时能够听进各种不同的意见，七十岁可以随心所欲却又不超出规矩。

按照孔子的规划，三十岁就立足于世了，从十五岁有了目标，到立足于世只用了十五年。而我们现在社会中很多人，二十五岁还没有独立，三十岁还浑浑噩噩不知道自己的未来在哪里。

这样的人，从一开始基础就没有打好。

理想生活很贵，不仅仅是住大房子需要很多钱，更重要的是过上理想的生活需要我们十五岁就确定目标，三十岁之前就能养活自己。真正贵的，是这十五年光阴，过好了这十五年，就像打好了地基，后面的大厦才好搭建起来不会轻易倾覆。

我是幸运的，十四岁就确定了自己的方向，虽然在过程中不断修订，但是总算在三十岁之前就发表了很多作品出版了很多书，现在三十二岁了，不仅可以养活自己，还可以养活一个家庭。

我有时候会想，假如我毕业了再去思考我未来做什么，那我一生可能都会过得很被动。有些事情想得越早，未来过上理想生活的概率也就越大。

茨威格曾经说过，命运赠送你的所有礼物，都在暗中标好了价格。如果放在梦想或者理想上，也可以说，这世上大多数的梦想和理想，都明明白白地标注着价格。既然明码实价，也就不用矫情，不用在说到梦想，说到理想的时候激动万分泪流满面，好像你的理想和梦想，是为了兼济天下一样。独善其身到了现在，并不是件光荣的事情，当每个人都把独善其身当梦想去追求的时候，梦想甚至不值一提。

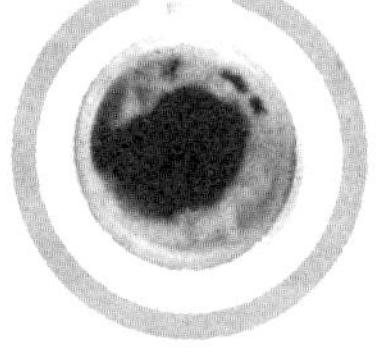

一杯敬未来，一杯敬过往

当我不再放声歌唱的时候，我再也不会做的事情还有很多。我们无法阻止成长带给我们的变化。我们只能在夜深人静四下无人的时候举起酒杯，敬过去的自己一杯，说一声，别了，少年。

我喜欢的都是最好的

01

记得之前在网络上看到过一句话——我这个人虽然不怎么样，但是我喜欢的人都超级厉害的。

也有人引申为：我自己虽然是个普通人，但是我的偶像一个比一个优秀，都是散发着万丈光芒的巨星。

看到这句话的时候，我脑海里好像在一瞬间想通了一件事，那就是为什么这些年我一直在努力写作，从来不曾懈怠，始终保持高产。因为我喜欢的东西，我喜欢的人，我喜欢的一切，都很贵重。如果我不努力，就无法拥有或者说配不上这些东西。

尤其是在恋爱的时候，我们肯定是选择一个非常优秀非常棒的人去爱。这样的人通常都会越来越好，如果我们不跟上对方的脚步，那么若干年后，两个人就会变得不般配，没话聊。

我年少的时候有点儿自私，或者说大男子主义。我觉得两个人在一起了，无论对方变成什么样子，都不可以抛弃或者放弃，都要坚持在一起。后来长大了，才发现那时候的自己蛮傻的。因为那时候变差的不是对方，而是我自己。当你变差之后，还要求对方像过去一样对你，其实是有点儿过分的。

人和人之间，原本非亲非故，后来因为喜爱在一起了，这并不意味着对方永远非你不可，看透这一点，可能要花费很多年。

02

我曾经拥有过一个蛮不错的对象，一开始她是我的粉丝，非常崇拜我。我和她的关系也不对等，一直都是她依赖我崇拜我谦让我。

后来我人气下滑，一度情绪低迷，总是沉浸在游戏里，靠在游戏中胜利获得的自信和快感支撑着。

而她呢，原本赚钱很少，因为我的逃避和退缩，她不得不独当一面，充当起了养家糊口的那个人。有很长一段时间，我都是又吃软饭，又总是抱怨命运不公。

再后来她发展得越来越好，我不仅没有进步甚至没有原地踏步，而是变得越来越差。有时候一整天都在打游戏，她忙了一天还要给我做饭吃。做完了还要去洗碗，我活得像个天使宝贝。

有一次我们因为很小的事情吵了架，她跑了出去，我平时都会去找的，那一次我选择了无视，继续在家打游戏。

她半夜回来，收拾好了东西，说天亮了就搬走。我当时也没有挽留。等到了天亮，她还是没走，我还有点儿嫌弃。

我说："你不是要走吗？"

她说："我走了，就意味着我们分手了。"

我说："分手就分手吧，又不是没分手过，感情到了最后，总是要分手的。我这个样子，也不值得你继续喜欢了。"

她说："我怕我走了，你会继续堕落下去。"

我说："我这也不算是堕落吧，我只是懒得去争名夺利而已。"

她说：“我知道，其实我一个人可以过得很好，我只是不放心你。”

我说：“我一个人也可以过得很好。”

那一次她最终还是没走，我们和好了，但间隙还是有了。她后来跟我说，她不想分手是因为她不想认输，那是她第一次恋爱，她觉得也许再给我们当时的爱情一点儿时间，就能活过来，我就会变成一开始那样，就会变得积极向上。

03

后来我彻底堕落到了谷底，一点收入也没有了。她说她打算出国，我想自己再连累人家也不好，就主动提出分手，并立刻搬家走掉了。

男人狠下心来总是比女人利落。我有时候想也许我不搬走，她可能就不会出国。她说出国，也许只是为了逼我回头。但那时候倔强的我，就是不肯认输。分手后我很久没有再谈恋爱，她也是。我开始试着找回过去的自己，通过努力也确实开始一点点变好。

但因为不联系，我们之间变得越来越疏远，到最后，就变成了最熟悉的陌生人。

许多年后，我几乎彻底失去了她的消息，我身边也终于有了新的让我很喜欢、也很喜欢我的人。

这一次我一点也不敢懈怠了，我生怕自己重蹈覆辙。回想很多年前，我一年能写一本书就不错了，还经常不按时给合作的杂志交专栏稿。

我有时想，那时我若如今日一般勤奋，我可能比今日成功百倍。但人生无法重来，也正是因为那时候的懒惰和失去，才导致了今日的我格外勤快。

世上的机会很多，但并不是每次都能抓住。我想作为一个努力就可以变得更好的人，我没有理由偷懒。如果我努力了，变好了，我热爱的一切还是离开了我，那我想也不是我的错，我在夜深人静的时候也不会懊悔得彻夜难眠。

如果我自暴自弃，变得越来越差，那我喜欢的一切离开了我，就只能是我自己的原因了。

有人说越努力的人越幸运，我想抛开运气的成分，努力的人，总是在做加法，当然会越来越好。

而自暴自弃的人，就像是变卖家中的东西，总会卖光的，总会坐吃山空的。

我常常对自己说，你现在拥有的一切，不是因为你有多好，是因为你足够努力。你的努力，能够带给你身边的人安全感。有了安全感，你身边的人才会留下来。

年少时我喜欢用所谓的真爱来捆绑别人，长大后发现，真爱，其实是给对方足够的自由。

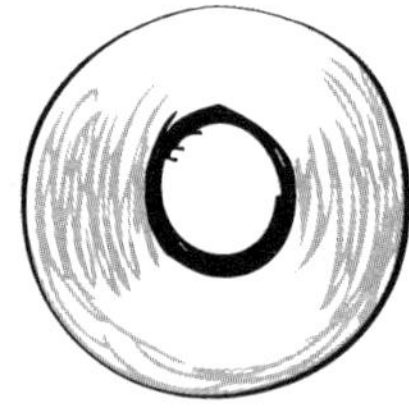

当我不再放声歌唱

01

许久未见的朋友莫莫到我所在的城市游玩，约我去KTV唱歌，我虽然不喜欢KTV那种场合，也早就不再开口唱歌，但因为是多年未见的朋友，我还是去了。

去的时候KTV里已经坐满了人，我找了个靠角落的位置坐下，莫莫看到了我，就选了两首歌，说是要把那两首歌唱给我听。

我们年少时经常听到的歌，都是王菲的，一首《不留》，一首《你快乐所以我快乐》。

《不留》的歌词是："我把风情给了你，日子给了他。我把笑容给了你，宽容给了他。我把思念给了你，时间给了他……我把距离给了你，时间给了他……我把水晶鞋给了你，十二点给了他……"

我明白莫莫想表达的意思，她曾经喜欢过我，后来嫁给了别的人，所以她即便到我的城市约我，也不能单独相会，要叫上一群人，做个见证，证明她坦坦荡荡，心里没有鬼。

人其实很奇怪，总是要证明一些东西：证明自己很厉害，证明自己爱一个人，证明自己没做对不起别人的事情。

但其实很多时候，无须证明。任何需要证明的存在，都是因为陌生，因为距离。

莫莫希望我也唱一两首歌，我拒绝了，就算不是在KTV，就算不是当着众人的面，我也不会再唱歌了。

02

上一次去KTV唱歌还是十多年前，那时候我才十几岁，去了之后最喜欢选的歌是郑钧的《灰姑娘》、齐秦的《大约在冬季》，以及郑智化的一些歌。

那时候听我唱歌的人，早已和莫莫一样嫁作人妇，变了模样。所以有人问到古诗词里最让我感慨的是哪一句，我长大后常常会说，是杜甫的那一句："人生不相见，动如参与商。昔别君未婚，儿女忽成行。"

过去那些指点江山激扬文字粪土当年万户侯的朋友，都开始在朋友圈晒娃了。所以我们不能否认我们已经老了。当然，苍老并不是我拒绝唱歌的原因。

我不唱歌的原因能找出很多，比如我唱歌不太好听，再比如我不喜欢在人前唱歌，我喜欢在旷野中歌唱。但其实真正的原因，可能是我后来再也没听到那种我觉得适合我去唱出来的歌。

年少的时候，可以说是无知者无畏，经常口若悬河滔滔不绝，经常放声歌唱从深夜到天亮，长大以后，经历得越多，反而越不愿意开口了，开口说话都勉强，开口唱歌就更难了。

年少的时候身边没有人，常常要主动结识别人，也愿意结识别人，觉得认识的人越多越好，喜欢那句诗——莫愁前路无知己，天下谁人不识君。

长大后又开始怕身边总有人，怕走在路上被认出来，开始喜欢独处。我有时候会幻想一个人的KTV，我想一个人的时候我可能会开口歌唱吧，唱那些我过去唱过的，一开口就暴露年龄的歌。但长大以后，再没有一个人去KTV的机会了。

不过长大以后还是听歌的，从二手玫瑰到谢天笑，再到一些外国歌曲。我渐渐觉得，歌词似乎没有那么重要了。过去我甚至觉得歌词比歌更重要，受古诗词的影响，我曾经觉得词大于曲，现在却觉得那时候好无知。

03

当我不再放声歌唱，意味着我和过去的我已经渐行渐远。过去我的梦想是做一名乐队的吉他手兼主唱。后来走上写作之路，只是因为我擅长。而现在，擅长的变成了热爱的，我才发现，人的一生，可以有很多梦想，没必要坚守着一个。擅长什么，就去做什么，比犯轴和在不擅长的领域较劲轻松愉快太多。

所以有人说到什么阶段说什么话，老板肯定渴望员工忠诚，员工却只是希望老板多发钱，发少了就会跳槽，跳槽就显得对公司不忠了。员工和老板哪个有错吗？都没有，换个位置，等员工做成了老板，也会变得和他过去的老板一样。

所以过去梦想做主唱的我和现在不再开口唱歌的我，哪个有错吗？好像都没有，都是我自己做出的选择。我有时候说我的赤子之心还在，看电影看小说还会看得泪流满面，但我变了的地方，总是比没变的地方多的。

除了不再歌唱，我三十岁后最大的变化是戴上了防蓝光防紫外线没有度数的眼镜。过去我非常讨厌眼镜的存在，觉得眼镜让人变傻，所有戴眼镜的人都像是怪人。当有一天我也开始戴眼镜之后，我想起过去的自己，如果那时候的我看到现在的我，不知道是会奚落嘲笑还是哈哈大笑，再或者只会沉默不语。

过去不戴眼镜还有两个原因，一是我视力很好，戴眼镜反而会影响我的视力。二是我五官中只有眼睛是漂亮的，我怕挡住了唯一漂亮的五官我会变得更加普通。

但是对别人，我总是说，眼睛是心灵的窗户，怎么可以挡起来呢？挡起来了，别人怎么发现你认识你了解你喜欢你？

当有一天我年纪大了，视力没那么好了，看一会儿电脑眼睛就会痛了，过去那些说辞那些想法就都烟消云散了。

04

莫莫离开我所在的城市的时候我去送她，她点了很多酒。可能是希望灌醉我，听我说说心里话？也可能是想灌醉自己，无所顾忌地说说她想说的话。

“以后可能再也没有见面的可能了，你真的不喝一杯吗？”莫莫最后邀请我道。

“不了。”我喝了一杯乌龙茶。

“你还是和过去一样冷淡。”莫莫把杯中酒一饮而尽。

“你还是和过去一样天真。”我笑了。

“我们都没变啊。”她也笑了。

“怎么会没变呢？你看，我不喝酒，也不唱歌了，这就是变化。”

“不喝酒也不唱歌的你还是你吗？你现在真的很没劲啊。”莫莫又给自己倒了一杯。

“人生可能就是一个从有劲儿到没劲儿的过程吧。”

“我还是喜欢和你待在一起，不想回那个没有温度的家。”

“你不是一个小孩子了。当我们长大，我们便无法再任性。就像我的身体不允许我再任性地通宵歌唱喝酒，你的身份也不允许你继续喝下去，更不允许你不回家。”

莫莫终究还是没有把自己喝醉，她毕竟已经长大了，不再是那个顽皮的没有分寸的小孩子，不用到十二点，她就会回到她的那个家，那是她的选择，她必须对自己的选择负责。

一个人不会第二次踏入同一条河流，一个人也无法选择两条路一起走。有选择，就有舍弃，我能做的，只有祝福。

05

写到这里，夜已经深了，手边的茶也冷了，我得睡了。

最后的最后，我想，当我不再放声歌唱的时候，我再也不会做的事情还有很多。我们无法阻止成长带给我们的变化。我们只能在夜深人静四下无人的时候举起酒杯，敬过去的自己一杯，说一声，别了，少年。

当我们在生活中遭遇荒诞

01

晚上看朋友圈，看到朋友发了她最近遇到的两件荒诞的事情。一件是她打车，上车后对司机说开快点儿，司机马上靠边让她下车，还怼了她一句：“你以为花几十块钱就能当大爷了？”

还有一件是她看到有个快递许久不派送，就给快递员打电话，问快递员为什么不派送也不联系她，快递员说：“之前每次给你送快递你都不接电话，这次我就懒得打了。”

我之前也遇到过一些类似的事情，有次冒着风雪在路边打车，足足一个小时的时间，遇到的每辆空车都说自己要交班。最后没办法，同行的女孩说她来试试，让我去便利店取暖，我刚进便利店，女孩就打到了车。

如果说这不是服务态度的问题，是性别优势的话，那后来我遇到的事情就真的让人哭笑不得了。

我有次在上班高峰期打到了一辆车，刚上车就堵车了，然后司机就开始骂我，说我为什么不走路，去的地方又不远，坐地铁也就一站多地。我说我第一次去那个地方，不熟悉路，司机说不会查地铁啊？反正总是他有理。

不仅仅是坐车遇到这类事情，有次去一个单位办事，因为一个很小的错误，办事人员骂了我半个小时。我一开始觉得是自己的问题，后来临走时发现后面的人也犯了同样的错误，又被办事人员骂了。然后我发现其实对于办事人员来说很简单的问题，对于我们这些初次去办理的人来说就很难，如果对方有点儿耐心，就不会有争吵。可是对方很难有耐心。

而我以上所说的所有事情，都发生在同一个城市，我倒不是对那个城市有偏见，我是发现，那个城市的服务行业的从业人员之所以脾气差，是因为压力大。

所以后来我尽可能不去大城市生活，尽可能待在生活节奏较慢的地方。这样不管哪个行业的人，都没有那么急。这样日子就过得舒心一些。那些逃离北上广的人，可能都是在逃离快节奏的生活吧。

02

生活的荒诞无处不在。我在网络上有个朋友，活得特别丧，每天负能量爆棚，总是能看到很多值得他愤世嫉俗的事情。

每天打开微博，关注下这个明星的丑闻，看下那个热点事件的后续，看来看去，一天就过去了，工作没做也就算了，还生了一肚子气。

我常常劝他，我说你做好本职工作就好了，不能像皇帝上朝一样上网，不能写评论的时候把自己当成批奏折的皇帝。因为你作为一个普通人，几乎改变不了什么，你能改变的主要是自己。

当朋友听完我的话，最多踌躇满志一个小时，然后就继续浑浑噩噩愤世嫉俗了。

那个朋友还是个爱国青年，经常批评一些人没有爱国精神，有次还批判我。然后我就问他一个月给国家缴多少税，他说公司扣呗，加上日常消费，应该有几百块吧。

我说我不但工作，还写作，平均下来每个月都要缴几千块的税。我把喊口号的时间都用来工作了，工作多了收入就多，收入多了缴税就多，缴税多了国家就有钱，就富强了，这才是真正的爱国。

俗话说，空谈误国，实干兴邦。光喊口号是没用的，每个人做好本职工作才是真正的爱国。但是我那个朋友还是不服，还是喜欢批评别人，好像这样他就能获得一些精神上的快感，因为他并不优越，所以我很难承认那种快感是他认为的优越感。

03

写作中也常常遇到这样的事情，比如有些作家，书写得不好，只是人好看，书的销量就非常好了。比如有些演员，演技很差，但是会炒作，收入就很高了。

每次遇到这样的事情，我都对自己说，别总盯着这些不好的事情看，负能量的事情看多了，人就会变得充满负能量。

要多关注正能量的存在，比如说，有的演员收入不高，但还是兢兢业业。比如说，有的作家的作品销量不好，但认真努力，每一本书都是良心之作。

畅销与否都是一时的，收入高低也是一时的，别人一时的成功背后也有别人一时的付出，你有没有做好你自己，才是最重要的。

所以生活中遭遇荒诞的事情其实不可怕，可怕的是不知道怎么应对荒诞，可怕的是遭遇荒诞的时候，用更加荒诞的态度和方法去解决荒诞。

比如说你不怎么喜欢的一个网络名人遇到麻烦了，其实完全不用担心和关注。因为他解决麻烦的方法比你多太多了，就算他因为某个麻烦毁了一辈子，其实也跟你没多大关系。你生活中的小麻烦，才是跟你息息相关的。

我们经常遭遇的荒诞，是一个服务行业的人，不以服务质量为追求，不考虑用户体验。这样的人，一边厌恶为人服务，一边又因为这种厌恶而只能一辈子为人服务。这样的人，一辈子渴望被尊重，又因为这份渴望的扭曲过剩，而一辈子得不到尊重。

我们经常遭遇的荒诞，是一个月薪不过三千的人，为一个月收入两万的人担惊受怕甚至为她捐款。一个没有文化也不读书上进的普通人，去教一些行业精英怎么做人怎么穿衣打扮自己。这就像我们的父辈，用他们已经落伍的人生经验，来规划你的人生，当你不提出异议的时候，你这一生，就只能做一个玩偶了。世界上最荒诞的事情，就是以爱和关切的名义，把一个人变成一个不会独立思考的木偶。可惜的是，这样荒诞的事情每天都在发生，每个家庭里都有可能发生。

与病魔共处

01

年少的时候，我脑海里常常会浮现出一个我未曾经历过的场景。那是一家巨大的医院，我刚刚走出医生的科室，手里是诊断书，我被确诊得了不治之症。

不仅仅是现实生活中会出现，梦中也会出现。就是这么一个简单的场景，困扰了我多年，我时常会想，假如真的有那么一天，我会怎么样。

一开始我觉得我会大哭，哭我悲惨的命运。后来觉得我应该会大怒，怒上天如此待我。但哭和怒总是无济于事的。还好这些只是胡思乱想，一闪而过的念头，过去就过去了。

直到有一天，我真的在现实里经历了同样的场景。

02

其实就在你阅读这篇文章的时候，我刚刚离开医院不久。我的脑袋里长了一个囊肿，目前还说不出是良性的还是恶性的，医生开了药，让我休息一阵子，说观察观察再决定是否手术。

在经历那个场景的时候，我远没有现在写文章时那么轻松。虽然现在还不确定到底会怎样，但我已经慢慢接受了病魔找上了我这一事实，既然暂时不能击败它，就只能学会和它友好共处了。

所以我甚至不确定我能否活着写完这本书，如果有天你在书店的某本书里看到了这篇文章，说明我写完了，如果没看到，那说明我已经离开了这个世界。我过去的心愿是写完一百本书，现在已经完成了近三分之一，得了病之后，我立刻放弃了一百本的心愿，能够写完手上这本，我就满足了。

大多数人都是这样，平时不太在意健康与否，一旦被病魔找上，很多宏大的梦想和愿望就烟消云散了。

03

那是一个和平日一模一样的清晨，我起床后觉得眼球疼，我猜想可能是没休息好，可能是前夜看手机太久了，我觉得休息休息就好了。没想到一天后发展成了眼眶疼。

我只好去看了眼科，眼科医生检查了眼睛觉得没问题，让我看看头颈科。头颈科看后，虽然看出了慢性鼻炎和颈椎损伤，但头颈科的医生认为这不足以导致我头疼，建议我去看神经内科。

等我找到神经内科的时候，整个头都开始疼了，尤其是太阳穴像被针刺一样地疼。医生立刻让我去做了磁共振。检查结果是一侧脑血管变细，脑袋里有囊肿。

这样叙述起来蛮快的，其实当时经历的时候我觉得时间过得好慢。那天是周末，很多医生都没上班，医院人也不多。

我在去医院的路上，昏睡过去了一会儿，醒来以为过去很久，结果只是过了一座桥。那天路上倒是很堵。

在十七楼等医生的时候，我看了看窗外，窗户被钉死了，只开了一道小缝隙，不知道是怕有人受不了病痛折磨选择跳楼，还是怕小朋友淘气不小心掉下去。

等血液化验结果的时候，因为头疼得厉害，我既希望快点儿拿到结果，又怕拿到结果。等去做磁共振的时候，我整个人已经接受了我这次可能扛不过去的事实，磁共振做了很久很久，久到我都想砸掉那台机器了。

我的心情变得越来越差，一个人坐地铁回去的路上，我差点儿忍不住吐在了车厢里。

04

我姨妈刚刚得了脑梗死，整个人瘫痪在床，说不出话来了。我担心我也会变成那样，医生给我开的药就是防止脑梗死的。虽然也有止痛药，但是只有刚吃下去那几个小时不疼，药效一过就开始疼。

我怕我睡过去就无法再醒来了，睡觉前把我的手机密码、支付密码、银行卡密码都告诉了女朋友。女朋友说她不要记，让我自己记。其实她是不愿接受我病了这一事实。

我说，我还有很多书的稿费没领，要是我不能说话失去知觉了，你记得去把稿费领了。

她说："你自己赚的钱自己去领。"

我无法再说下去，怕再说下去，两个人都要哭了。

我只好说："我可能脾气会变差，最近你要忍让我。"

她说好。她努力安慰我，让我不要太害怕，会好起来的。

我也想快点儿好起来，可惜已经过去好多天了。

05

我记得好像是《奇异博士》那部电影里有一句台词——我们无

法消灭心魔，我们只是学着与它共处。

我觉得心魔和病魔是一样的。因为生病的缘故，我开始记不住很多东西，说话也容易颠三倒四。

有人说我是因为压力太大才得的这个病，有人说我是因为用脑过度才得的这个病，反正都不重要了，得了，就只能想办法战胜它，战胜不了，也不能输给它，最差也要打个平手。

我是个活得很拼的人，连带我女朋友受我的影响也变得有些拼。在住院的那个星期里，我写的书，我女朋友写的书，我们俩一起写的书，三本同时上市。

我一边忍着头疼一边在微博宣传的时候，有人劝我休息。我想了想，发个微博还是不太累的，如果单纯是为了我自己，其实上不上微博都无所谓。但出版是一种合作，我不能辜负合作方，所以宣传还是不能停止。

只不过原来计划的签售活动全部暂停了，只保留了已经筹备好的上海那一场，原计划要去的成都和重庆都取消了，那些因病不能去的城市的读者虽然失望，但是也都能理解我做的选择。

让我很感动的是，很多外地的读者原本不打算去上海的，因为我停止了所有签售活动，他们打算去上海，有种见一面就少一面，见这一面可能就是最后一面的感觉。

如果不是因为有这些可爱的读者朋友的存在，我其实是有点儿憎恨这个世界的。有了可爱的他们的存在，我对这个世界的恨被抵消了，但是我对这个浑蛋的世界也爱不起来。

如果我真的命不久矣，我想也没什么了不起的。人类何其渺小，我仅仅是对我自己，对我周围寥寥数人重要而已，爱我的人只有那么多，对于整个世界来说，我活多少年都不重要的。

当然这是生病引发的抑郁之言，在健康的时候，我可能不会这样想，我可能会热爱生活，可能会热爱很多东西。

06

最后，还是要说点儿积极的话。在和疾病战斗的日子里，我学会了更好地照顾自己，作息饮食习惯都调整到了最佳，玩手机玩电脑不会超过一个小时，运动不会过量，吃饭也不会过量，更不会不吃早饭，坐着看书也不会坐太久。而在过去，我连吃饭和睡觉都是随心所欲的。

写这篇文章的时候，我还吃着止痛药，我不知道我什么时候会好，但其实就算好了，谁知道下一个病魔什么时候来呢？

我想写下来，只是希望看到的人，能够未雨绸缪，在身体还好的时候，就调整好作息，养成良好的生活习惯，好好锻炼身体，不然等到像我一样病重了，一切就都来不及了。

别人眼中的人生赢家

01

今年是我和夏哲认识的第六年，他可能永远也想不到有一天我会写他，即便这篇文章发表了，他应该也看不到。过去非常热爱阅读的他，已经很多年不看书了。用一句他常常自嘲的话说就是，他已经活成了他曾经最讨厌的那种人。

那种人是什么样的人呢？我很难用一个词来准确形容。但是近义词很多，比如“疲于奔命”，比如“苟且偷生”。那种人见人就满脸堆笑，周围仿佛都是大爷。只有在夜深人静独坐家中或者喝了酒之后，脸上才会浮现出愁容。

02

第一次见到夏哲是在朋友家，朋友乔迁新居，借着这个由头，几个多年未见或从未见过的朋友约好了时间要聚一聚。我和夏哲就属于从未见过的朋友，虽然已经在网络上相识多年。

乔迁新居，在有些地方是不亚于娶妻生子一样的喜事，是喜事当然免不了送礼，我去的时候带了一棵绿植，也有朋友带了一些壁画或者桌上的小摆件之类的。

夏哲最实在，带了一箱子啤酒。他见到我第一句话就是，今天不醉不归。

那时候他喝酒，纯粹是高兴，不像后来，喝酒纯粹是化解忧愁。人在高兴的时候喝酒，总是喝不醉。忧愁的时候喝酒，一会儿人就不行了。

因为是在南方，在那个乔迁新居的饭局上，除了我和夏哲，剩下的都是南方人。南方人酒量不行，喝一会儿就醉倒了一片，最后只剩下我和夏哲还在推杯换盏。

那次熟悉了之后，我和夏哲就经常碰面，碰面总是免不了喝酒，直到后来我身体不适，医生禁止我再喝酒。不能喝酒了，坐在酒局上就有些尴尬，再后来，我和夏哲碰面的次数也就少了。

后来又聚到一起，是他的身体也不行了，酒局就变成了茶局，一人一杯菊花泡枸杞，感觉像在一起过了大半辈子。

实际上呢，我才三十岁出头还没结婚，夏哲比我还小两岁，他之所以看着比我苍老，是因为他不但结了婚还有了孩子。

03

夏哲的人生是从他二十五岁那一年发生转变的，那一年夏天，他爱了很多年的女朋友选择了跟他分手。

他女朋友我也认识，很漂亮很有才华的一个女生，笑起来能够融化整个世界。她选择离开夏哲，是因为她认识夏哲的时候，夏哲蛮优秀的，但是几年过去，夏哲一点儿进步也没有。而那个女生已经不再是当年的普通美少女。

一个进步了，一个原地踏步，进步的那个抛弃了原地踏步的这个。在这个时代，这样的事情每天都在发生。

爱情的伟大已经不再被歌颂，人变得越来越现实，现在没有哪个美少女会守着一个没有上进心的男人。

就算偶尔有这样的美少女，也只会很快老去，不再被人记得和珍惜。被记得和怀念的，反而都是那些绝情离去的人。

夏哲忘不了他那个比他优秀的女朋友，但碍于面子，又不愿意求着对方回头。在失恋的痛苦中消沉了几个月后，他一狠心，闪婚了。据他后来说，闪婚的目的，只是逼迫自己忘记前任。

04

闪婚的对象是夏哲的同事，两个人算是门当户对——家境都不算太好，也不算太差；两个人都不算没本事的人，也都不算是太有本事的人。

这样的两个人在一起，度过了蜜月期，就免不了要吵架。所以根据夏哲这个朋友的例子，我觉得找对象还是别找门当户对的好。

找就找比自己强很多的，或者比自己弱很多的。这样强弱互补，才能永远恩爱不争吵。

婚姻里总要有一方让着一方，如果两个人旗鼓相当，谁也不让谁，那很难过得开心。我用这些话劝夏哲，夏哲的回复是“你都还没结婚呢，没资格指导我这个已经结婚的人”。

他既然这样说了，我也只好闭嘴。我确实没有结婚，恋爱也没有谈过几次。但人性就是那么回事，很多事情不需要亲自去尝试，因为一旦亲自尝试了，就算发现味道不对，也无可挽回了。

有了孩子之后，夏哲就放弃了梦想。他过去是一个插画师，给很多杂志画插画，钱不多，但是日子过得清闲自在。

有了孩子之后，他去了一家装修公司，做起了室内设计师。除了画装修平面图，每天还要去发展一些有装修需要的客户。这样忙碌着，生活的艰难似乎一点点被揉碎了。

05

夏哲过去的梦想是做一个像凡·高那样的人，一幅画卖几千万，每一幅画都被人细心珍藏甚至放进博物馆。

最后夏哲也真的成为凡·高那样的人，但不是一幅画卖几千万，而是像凡·高那样生前不被认可不被接纳，死后怎么样，目前谁也不知道。

现在夏哲的梦想只有一个，那就是赚更多的钱。只有赚更多的钱，才能过上被妻子尊重的生活；只有赚更多的钱，才能让他的女儿一生顺遂不被人欺负。

喝茶的时候，夏哲说："我真是羡慕你，到现在还没结婚，身边也有爱的人。不像我，弄丢了心爱的人，娶了凑合过日子的老婆。人生再也无法重来，不过还好，大多数人都像我这样，像你这样的，主要是命好。"

我没有反驳他，因为我的反驳不但不能改变他的生活，还会增添他的烦恼，就让他觉得我只是命好吧。

不过在这里，我倒是可以趁他不在，反驳一下他。

如果换作我，遇到同样的事情，我想以我的性格，我会做很多跟他不一样的选择。我不会等到我爱的人要离开我了，才发现自己缺乏上进心；不会等到有了孩子，才放弃做画家的梦想屈身去做一个室内设计师。

如果我有一个我深爱的女人，我一开始就不会让她离开我，我会努力去赚钱去工作，去营造一个属于我们的美好生活。

如果这个女人还是离开了我，我也不会闪婚，不会把自己一个人的悲剧变成两个人的悲剧，连累另外一个人。更不会在感情不够稳定的时候就生下孩子。

不仅是爱情方面的选择，如果我的梦想是成为凡·高，那么我不会那么早爱上一个人，爱上了可能也不会跟她在一起，我不会让爱情毁了我，我会孤独地去追求梦想。我会像凡·高一样倾尽全力去画画，把所有的时间都用在追求梦想上，对于追梦的我来说，谈恋爱是奢侈的，是浪费时间的。

如果有一天，我真的很惨，做了很多错误的选择，弄丢了爱的人，娶了凑合的人，生了孩子，那么我也不会抱怨生活，更不会怀念曾经的梦想和曾经的人。

我会爱我的孩子，哪怕她不是爱情的结晶，她也是我的孩子，我需要对她负责，是心甘情愿全心全意，而不是碍于父亲的名义迫不得已。

我会爱我的老婆，哪怕我对她的爱不像对我曾经的恋人一样轰轰烈烈，哪怕和她真的是凑合的，但既然她愿意嫁给我，我就应该对她负责，爱她一辈子。

哪怕我们曾经有一个月、一天是相爱的，我就应该让这份爱无限延长，让她对我，对我们的生活充满希望。

有时候家庭里的一方，并不会要求另一方一定要赚多少钱做多少事，而是你的态度，是心甘情愿全心全意，还是在敷衍。

06

我永远唤不醒夏哲了，他的性格导致他每一次做选择的时候，都会选错。即便救了这次，他还是会选错下次，没有人能够永远帮他做正确的选择。

不过我还是告诉了他，我其实过得也不好。看似我有很多粉丝，也赚到了一些钱，也有爱的人，但我离我的梦想还是很遥远。

我想拿诺贝尔奖，可是我写了三十本书了，还是没有达到拿诺奖的高度。我常常出去旅行，发很多美食美景的照片。但凌晨四点起床孤独地面对电脑写稿的我，很少人看到，我也不喜欢向人提起。大家看到的都是早上九点以后游山玩水不务正业的我。

我讲了我的难处我的惨痛，夏哲变得好受了一点儿，他可能觉得，每个人都有每个人的难处吧。人生何处不悲怆？日子嘛，凑合凑合就过去了。甚至是看过我这篇文章的读者，在读完之后，可能也不会做出什么改变。

因为性格的形成，不是一朝一夕的，是根深蒂固的，不是一篇文章可以改变的，就像我过去是个话痨，周围的人都不爱听我说话。后来我就把说话的时间用来看书和写书，用看书的方式消磨时光，用书写的方式表达自己的想法。

时间长了，读书多了，我的气质就变了，最显著的变化就是我不再是一个话痨了，我周围的人见我不说话，反倒都愿意跟我聊天了。毕竟在这个世界上，倾诉总是比倾听容易的，抱怨总是比改变容易的。

07

话说回来，在不太熟悉的周围人眼里，夏哲还是优秀且幸福的，甚至算得上人生赢家。毕竟他曾经拥有过美艳无双抛弃了他也让他恨不起来的前女友，现在的妻子在外人看来也算温婉可人，女儿更是乖巧伶俐。小镇青年出身的他在省城置办了家业，虽然需要还房贷车贷，但比起那些乡下的和他一起上学的同龄人，他已经算是条件阔绰的了。

至于梦想，也不止他一个人热爱文艺最后屈服于现实。所以他的那些烦恼和忧愁，最后都是自己的事情，在别人眼里，他一生顺遂，到哪儿都有运气加持，轻轻松松就混成了人生赢家。可惜的是，那只是在别人眼里。

所有的美好，都是苦尽甘来

我们所有人在乎的东西在别人眼里都不重要，我们所有人都是别人眼中的他人。既然我们都是他人，那就随心所欲度过一生好了，开心比一切都重要。

盲人旅行者

01

在长沙市中心有一条集景点与美食于一体的街，名叫太平街，有点儿类似杭州的河坊街，成都的宽窄巷子。

街中有可以免费参观的贾谊故居，更多的是各种美味小吃和摩肩接踵的游客。因为紧邻坡子街和黄兴路步行街，外地人来长沙大都会到太平街逛逛。

逢周末或者节假日，我偶尔会去太平街的咖啡馆坐坐，那些咖啡馆大都在巷子里的二楼，算是闹中取静，很适合三五好友聚会聊天。

有一日我又去太平街，遇上一对盲人夫妻，手持盲杖在人群中乱逛，不时有人送他们吃的，他们边走边吃，累了便在街头的石凳上坐下休息。我因为很少看到盲人结伴同行，尤其是在这样热闹的街市，就围观了一会儿，中途怕他们口渴，还买了饮料送过去。

盲人夫妻三十岁上下，聊起来才知道，他们也是外地人，从千里之外黑龙江省哈尔滨市去广西北海，路过长沙，就来逛逛。我忍不住好奇问他们，一路上那么多美景，全都看不见，会不会很遗憾？

盲人丈夫说，世人看事物，总是喜欢看不好的一面，觉得盲人看不见万事万物太惨了。其实换个角度就好了，看不见还可以听可以闻可以吃，每个城市的声音是不一样的，每个地方的味道也是不一样的，至于美食，盲人吃起来比正常人还香呢。

盲人妻子说，她过去没有盲人丈夫那么洒脱，盲人丈夫是生下来就盲，所以也不觉得失去了什么，从未见过天地，也就无从感慨。而她十岁才失明，知道天地大美，突然看不见了，那种打击如死了一次一样，后来遇见盲人丈夫，才发现看不见美景的同时，世界的龌龊也看不见了，所以也不完全是坏事，一个人开心不开心，全看心态，而不在于身体是否残疾。

人生一世是否白来一趟，全看活得开心不开心。有些人看似肉体健全，但终日闷闷不乐，活着又有什么意义呢？听完他们的话，我似开悟一般开心，又去给他们买了一些大饼，让他们带着路上吃。

其实我就是他们口中说的常常闷闷不乐的人，尤其是写作成名后，多了许多黑粉，总是喜欢找我抬杠，说我小说里写了那么多坏人，一定干了不少坏事，不然怎么能把故事写得那么婉转动人？

这些莫须有的罪名、这类无事生非的人一直都有，过去也有人指责一个没有经历过“二战”的作者写“二战”是乱来。言论自由的时代，本应该让人畅所欲言，但这些言论毕竟是攻击我的，我有一段时间总也不能释怀，有种“我一生不曾负人，何以世人如此待我”的愤慨。

直到和盲人夫妇聊完，心中的块垒才算消散。的确，生活中值得去做的有趣的事太多了，值得去看的书和剧、值得去玩的地方和值得去吃的美食以及值得爱的人比比皆是，我们的时间应该是不够用才对，偶尔富余出来的一点儿时间应该用来睡觉休息，好养足了精神后，再去写作旅行读书看剧，寻找美食和陪伴爱的人。

生命本身是美好的，就算生活中遇到黑粉杠精，遇见讨厌的事情讨厌的人，也不应该把时间和精力分给他们，分给他们一分钟都是在浪费。我们应该把时间燃烧在有趣的事情和有趣的人身上。杠精和黑粉，就由他们去吧，他们既然选择了把时间浪费在指责攻击别人上，那浪费的只是他们自己的人生。就像你说脏话骂人，你以为你玷污了别人，其实是玷污了自己。

02

说到身体的残缺和心灵的残缺，前阵子网上还报道过一个独臂拳王。独臂不是说另外一只手臂没有了，而是受过重伤不能用来打拳了。很多拳击运动员经历这样的打击后都放弃了，但是独臂拳王没有，他觉得一只手臂也可以打拳，坚持到最后，他用一只手臂打赢了很多场比赛，被称为独臂拳王。仔细想想，生活中这样的例子挺多的，比如我很喜欢的盲人歌手周云蓬。

我最喜欢周云蓬的两首歌，一首叫《盲人影院》，一首叫《不会说话的爱情》，都是悲凉中带着力量的歌曲。

周云蓬本身也活得励志，失明之后也是到处去旅行，生活过得比我还要潇洒，青少年都受到他的影响，热爱他追随他，他的存在像一盏明灯，照亮了很多普通人的人生。而且他交往过的女朋友也都很优秀，很多耳聪目明的人办不到的事情，他都办到了。我用了这么久微博，粉丝都还没有他多。看不见万事万物这件事，对他来说，是祸也是福，也正应了老子那句话“祸兮福之所倚，福兮祸之所伏”。

我有时候写励志作品，有人斥之为鸡汤，说读鸡汤无用，还是得务实才行，这样的言论，大都出自已经不太相信未来的中年人。

而年轻人，对未来充满信心的生机勃勃的年轻人，还是爱读励志故事，爱读鸡汤的，因为那是希望的源泉。

周云蓬的经历，盲人旅行者的经历，以及独臂拳王的经历，看似都是个例，但有这样的存在，说明普通人还是有逆袭的可能的，说明努力还是可以改变命运站在高处的。

相反，那些鼓吹认命、任劳任怨不折腾的人，虽然还活着，却已经死了。生命的意义不在于活多久，而在于活一天就折腾一天，不死就不认命。

不认命等于相信奇迹，也只有相信奇迹才能创造奇迹。那些小时候相信奇迹，长大了被现实打击得认命，不再相信奇迹的人，是不可能创造出奇迹的。

如果我们看新闻，会发现奇迹每天都在发生，就在我写这篇文章的时候，有一个十四岁的少年考上了重点大学。他在年龄上创造了奇迹，同时为自己争取了更多的时间。

所以当我们在抱怨生活艰难，抱怨命运不公的时候，那些更加艰难、起点更低的人已经行动起来了。

03

过去我总觉得选择大于一切，对的时候做出对的选择就可以成功。现在我发现行动对结局的影响远远大于选择。

我有一个好朋友，十年前我们都出版了第一本书，销量都不是太好。那时候我们聊天的内容是，该继续坚持写自己热爱的小说，还是写读者爱看的、市场需要的小说。

我们最初的选择都是坚持写自己热爱的小说，毕竟我们是因此开始写作的，但我们不一样的是，我写了第二本之后又写了第三本，有些小说无法出版也没关系，反正一直写下去就好了。后来成名了，我过去写的那些无法出版的历史武侠小说也都出版了，还卖出了影视版权。

而我的好朋友，坚持写到第二本之后，因为一直出版不了，她没有再坚持写第三本，而是一直在犹豫要不要妥协，去写市场需要的爱情小说或者写网络小说。

转眼十年过去了，她还在犹豫，因为出版单行本只要写十万字左右就可以了，而网络小说需要写上百万字。她觉得出版文限制太多，要经历出版社层层审核，没有写网文那么自由。但在网上自由写作的代价是需要长时间不停地写，这又违背了她的写作初衷，毕竟她不是为钱而写的，不想那么拼命。

十年过后，我已经在着手出版第三十本书，她的第二本书还在写作中。我不知道再过十年会怎样，但可以肯定的是，当初她不管选择实体出版还是选择写网文，都没有错，只要去写了，十年后都能闯荡出一片天地。最坏的结局就是犹豫着不去做，白白蹉跎了一生。

04

在太平街偶遇盲人夫妻后，我很长时间没有再去那条街。我不是个喜欢凑热闹的人，每次去都是因为独处太久了，需要听听市井的声音，需要看一看这个不断变化的世界。

后来有一天受朋友邀请，我又去了太平街，巧的是又遇到了盲人旅行者，这次不是夫妻，而是三个衣着打扮很酷炫的年轻人，他们看上去都只有十七八岁，如果不是手持盲杖，他们和走在街上的同龄人并没有太大区别。

这一次我没有凑上去找他们聊天，虽然他们肯定有属于他们的精彩故事。但远远地看着他们，看着他们从阴暗的角落里走到阳光下，走到人群里，我已经受到了鼓舞。

我们这一代，太喜欢宅着了，太喜欢浸泡在网络上，网络上有我们想要的一切，我们懒得去现实里游走。我离开网络那段时间，恰恰是视力变差的时候，视力一恢复，我就又离不开电脑了。手机也是，得腱鞘炎那段时间，我戒掉了一天到晚抱着手机的坏习惯，但腱鞘炎一好，我就又离不开手机了。尽管我发现离开网络离开手机后，我的生活变得更有趣了。

当然，人生漫长，谁也不用活得跟谁一样，在网络上也好，在现实里也罢，都可以努力地生活着，只要不放弃折腾，每个人都会有属于他自己的精彩的值得回味的时光。

他人笑我太疯癫

01

有句话很流行——生活以痛吻我，我却报之以歌。

因为这句话，我和萨迪拉讨论起了座右铭，支撑我写作到现在的座右铭是，足够的量变才能引起质变，或者说，没有量变就没有质变。

萨迪拉的座右铭刚好和我的意思差不多——完成比完美更重要。

萨迪拉是外国人，出生在中西方文明交汇的地方，在中国人看来他算是西方人，但是他出生的那个地方，在西方人眼里又算是东方。也许正是那个位置，让他长大后对东西方文化都有兴趣。

我认识他，是因为他到中国旅行。他的中文很差，不过他在网上有一堆来自世界各地的朋友，所以旅途虽然艰辛，却比不来带来的那些惊喜。

他跟我提到他在很多国家的遭遇，被骗被抢劫都有，所以他对人很警惕，直到到了中国，这种警惕性才放松下来，他发现中国是对外国人最友好的国家，不但不会坑他骗他，还会请他吃饭，免费帮助他。

在旅行的路上，萨迪拉还结识了一名同样是自西方到东方来旅行的女生，他们结伴同行一段时间后相恋了。我由衷地羡慕他们，他们这种算是名副其实的志同道合了。

显而易见，完成比完美更重要这句话，让萨迪拉环游了世界。可能有人会说，等准备充足了再上路，可以领略到更多美好和美景，但这样说的人，常常一生都在准备而没有真正行动。当然，这里说的准备，不包括安全准备，为了安全的一切准备都是值得的。这里说的不值得的准备，是为了完美的准备。你不能为了刺激去未开发的雪山上探险，但你完全可以在力所能及的时候来一场说走就走的旅行。逃离生活也好，感受另外一种人生也罢，只要上路了，不一定要环游世界，不一定要去伦敦的广场喂鸽子，去四川峨眉山的佛光广场喂鸽子也可以。重要的是，还保留着对外面世界的好奇心，不管到什么年纪，这份好奇心都不能泯灭，否则人就会变成任生活宰割的羔羊。

02

我一直坚信的一个道理就是，不管走哪条路，不管做什么都会遇到困难和挫折，关键不是困难和挫折，是你对待困难和挫折的态度。

有了“生活以痛吻我，我却报之以歌”这样的心态之后，不管遇到什么困难，首先在心理上已经战胜了它，剩下的只是用时间来完成而已。

就像唐伯虎，比起死后的大名，他生前的际遇可以说是凄惨，最惨的时候要靠吃屎装疯来逃过杀头之祸。

我喜欢他的诗，虽然他是绘画大师，书法也更知名。去苏州玩的时候，我第一时间去了桃花坞，可惜除了一口古井，看不到一点儿唐伯虎生活过的痕迹了，桃花树和桃花早已不复存在。甚至连唐伯虎的墓地以及祠堂都荒无人烟，和苏州博物馆以及拙政园等园林的人气更是不能比。

我为唐伯虎感到惋惜，这样的人物，若生在我们村，那一定世世代代被供奉。但生在苏州这种人才辈出的地方，想有一席之地且永远被记得太难了。

我热爱他，不代表众人都热爱他。由此也可以推算，这个世界不爱我，也未必是世界的错，可能是我们哪里没做好。所以我们没理由抱怨世界，与其抱怨，不如报之以歌，报之以诗，报之以小说，报之以山水画。

唐伯虎有句诗我很喜欢——他人笑我太疯癫，我笑他人看不穿。

我把这句话改成了——他人笑我太疯癫，我觉他人说得对。

我一直都觉得，我的存在本身就是荒诞的。我写荒诞小说的那些年，有过一个女朋友，她曾经对我说："如果有一天你成名了，那就是最魔幻现实主义的小说本身了。"

多年以后我成名了，几乎都要忘记那个女朋友的模样了，却一直没有忘记她在我最无助的时候说过的那句话。

其实她说得也没有错。别人上学的时候，我退学去书店打工看书，别人工作的时候，我四处游山玩水美其名曰采集素材。从十四岁到二十五岁，我都在以追求梦想为理由逃避赚钱这件事。

我如此任性妄为依仗什么？依仗我祖上三代都是农民？依仗我买个房子东挪西凑也凑不够首付的那点儿家底？当然都不是，我依仗的只有才华，我对这种看不见摸不着的才华的盲目自信。所以说，我的成名是荒诞本身也没错。

唐伯虎的人生也很荒诞，那么有才华的一个人，却因为牵连到舞弊案里，一生不得入仕，好不容易被一个王爷请去做军师，还是一个造反了不久就被剿灭的王爷。比起他那么大的才华受的那么多委屈，我那点儿挫折简直不值一提。

有时候我会想，人生在世可能就是要受一些委屈的，不这样就体会不到被理解和被懂得以及被无条件支持的可贵。有时候就是要疯疯癫癫才好，太正经了，反而像一台机器，而不像一个人。

03

唐伯虎五十四岁去世，死的时候一贫如洗，还是好友祝枝山出钱将他安葬了。他固然才华横溢，诗、画、书法看上去都可以卖钱，但实际上那个时代大家更喜欢买米而不是买画。所以他才会写“上好良田无人买，谁肯买我画中山”。

所以我很庆幸我生活在一个太平稳定的社会里，只要努力，只要你真的有才华，哪怕一点点才华，都能变现，都能被很多人喜欢。

那些嫉妒富二代星二代运气好的，总是看不到人家富二代星二代的父亲母亲比自己的父亲母亲要有才华和努力得多。很多差距是从几十年前就拉开的，起跑线的不同决定了终点的不同。好在不管什么时候，都可以报之以歌。在困难中，在尘埃里，也可以保持乐观的心态，笑这件事，不需要花钱。

说回萨迪拉，他离开中国后，我们再没有联系过。我们算是只有几顿饭缘分的朋友。我想他以后大概还会到中国来，他没有去过的地方还有很多。他旅行不像我还带着为写作找素材的目的，他纯粹是想到路上去，他纯粹是觉得生活在别处，纯粹是觉得他出生的地方不适合他一直待着。

有时候我会想，这样的旅行有什么意义呢？这样的一生有什么意义呢？就像浮萍尘埃一样在世间飘飘荡荡，不做任何现实有用的事情，这样的一生值得吗？

想久了之后，我渐渐发现，追求意义这件事本身就是没有意义的。唐伯虎和萨迪拉本质上是一类人。或者说，我们所有人在乎的东西在别人眼里都不重要，我们所有人都是别人眼中的他人。既然我们都是他人，那就随心所欲度过一生好了，开心比一切都重要。

得未曾有

01

“得未曾有”这个成语出自《楞严经》，意思是从来没有过。鲁迅也用过这个成语，用作前所未有。

今天想说的话，和这个词有关，可以算是从来没有过，也可以算是前所未有，但更准确的想法应该是从未得到过。

我们拥有的，我们得到过的，常常是我们所不珍惜的，我们认为好的，常常是我们未曾得到的。

在爱情上是这样，那些爱而不得的，常常是受人怀念的。就像陈奕迅的歌词，得不到的永远在骚动，被宠爱的都有恃无恐。

后来和一个名校的老师闲谈，我发现不仅仅是爱情，人生也是这样。我从未读过高中和大学，在我看来，能够在中考和高考取得好成绩，甚至在大学也取得好成绩，最后留校任教，未来可做教授，这条路太过于艰难，如果硬要我走，简直可以逼死我。

而那名与我年龄相仿的名校老师，却觉得我走的路更艰难，他说若让他初中就离开学校，在社会上闯荡，还要闯荡出一番成就，那简直是难过上青天，完全是无路可走。

由此可见，我们都觉得我们未曾尝试过的人生更加艰难，而我们已经尝试过的，尤其是已经过去的人生，纵然艰难，但因为已经过去，所以在回忆里，也会变得轻而易举。

02

我常会想起年少时错过的人，幻想如果有一台时光机，回到过去，一定可以弥补过错挽回对方。事实上呢，即便有了时光机回到过去，我想还是会一次又一次错过吧。

读过我的书的读者应该知道，我曾经深爱过一个女孩子，后来因为误会分道扬镳，长大后我觉得自己当时心胸过于狭隘，口口声声说爱一个人，却不够信任对方。

我想如果时光可以倒流，我一定要跟对方道歉。

然而懂得道歉、心胸宽阔的我，其实是后来经历了无数艰难挫折才造就的。如果我带着这时候的心胸回去，那我整个人生都会发生变化，很可能我一回去，就不再有现在的我了。如果我是现在的我，我又如何回去呢？所以时光机不过是一种幻想，过去既然发生，就永远不能再改变了。

也正因为不能改变，我们才会耿耿于怀。如果能够改变，很多事都可以释怀了。人之所以有别于其他物种，可能就在于这份情吧。

记得读《三国演义》的时候，读到蜀国被灭，蜀主和其臣属被押解到魏国。因为魏国以礼相待，蜀主刘禅竟然乐不思蜀，而他的臣属则常常以泪洗面。

刘禅乐不思蜀，在司马昭看来，是无情之人，无情到了极点才会将过去忘得干干净净只顾着眼前。

而那些蜀国旧臣，即便在魏国锦衣玉食，但依旧怀念故土，寝食难安，这些都是有情人。

所谓情深不寿，慧极必伤。有情人大都不长寿，而无情人反而活得久远。蜀后主到了魏国后又活了多年才病死，由此可见，生命的长度和生命的价值，在不同的人眼里，轻重也是不同的。

03

我小时候有一段时间学习很好，和我成绩一样的人后来进入了很不错的大学，毕业后留在了省城工作，再后来还在省城买房安家，娶妻生子。

我从事写作，可以说是走了一条相对来说曲折的路，刚走这条路的时候，我爸妈常常说如果我那时读完大学就好了，读完了大学就可以像同学一样去省城生活了。

那时候我在乡下，我想的是，其实很多人从小就在省城，我如果走爸妈期待的那条路，奋斗到最后的终点，不过是很多省城孩子的起点而已。

所以我坚持走自己选择的路，最后走到了他们达不到的高度，这时候我再看当年在省城安家的同学，觉得我幸好未曾得到那种人生。有所得到就有所失去，得到那种人生，就会失去我现在的人生。

满足于省城生活，就等于放弃了混迹北上广的可能。虽然不能说北上广的生活就一定比省城好，但对于下一代来说，父辈的努力决定了他们的起点。

我未曾读高中和大学，意味着我很少有同学关系，仅有的同学关系也是初中和小学的，早已失去了联系。我现在也没有母校和难忘的师长，母校不存在了，师长也都各奔东西。

还陪伴着我的老师就只有那一堆堆闲书，我得到的读闲书的时间，是通过放弃写卷子背单词的时间换来的。

我的性格也注定了我得不到很多东西，比如安定平凡简单的生活，比如早婚早育早享天伦之乐。

我曾经有一个徒弟，跟着我学写作，一直写不出好文章，我就让他去旅行，我对他说，行万里路比读万卷书强，行万里路自然如有神助。

后来他就一直走，走了很多年，他去的地方在数量上已经远超过我去过的地方，所以后来我羡慕他，觉得他过上了我想过却没能过上的人生。

我想过如果重来一次，我会不会也豁出去一直走？答案是不会，因为我的性格，还做不到那么单纯。这种不单纯，也就导致了我得不到那样的人生。

安妮宝贝出过一本书，名字就叫《得未曾有》，讲的是在旅途中遇到的四种不同的人和他们的人生。

我们在生活中，其实也可以遇到形形色色的人，有厨师有快递员，有司机有教师，他们选择的任何一种人生，都是我未曾得到过的。

没有人能够一下经历所有的人生，世上过去有三百六十行，现在何止三万六千行，根本过不过来，好在我们还可以通过阅读，通过聊天，在繁忙之余，窥探一下他人的人生。

这种窥探大概可以让我们看淡一些事情，毕竟我们在他人眼里，也不过是芸芸众生中的一员，和任何一个行业的一分子都没区别。我们所谓的重要，对他人对世界来说，都不是那么重要。

好人一生心安

01

我周围特别多好人，我不是发好人卡啊，我是说他们的单纯和善良让我敬重。他们未必平安，有些身体还很不好，还经常遇到一堆破事，但是他们心安。

我经常看到他们旅行的照片，笑得单纯灿烂，像个孩子一样。虽然孩子里也有熊孩子，但大部分的小孩子，还是很可爱的。熊孩子一般都是到了一定年纪，过了与世无争的时候才熊。

和他们在一起，我发现我可以一直保持单纯的笑容。和他们在一起没有任何算计。

相反，和有些人在一起的时候，我很难笑出来，我发现他们也不是不好、不善良，只是他们拥有的太多，很难不算计。

我身边的有些人，做了好事，事后反而被人嘲弄，我却偏爱这种人，我自己有时候也如此。我发现每次做了好人好事，吃饭都格外香，睡觉也格外甜。

心安理得，助人为乐，这些词语不是凭空来的，都是有真实依据的，那些付出了一辈子的人就是比索取了一辈子的人更快乐。

02

好人大都心安，心安的人呢，大都爱笑，爱笑的人，运气都不会太差。总结起来，其实就是好人运气大都比较好。

运气是捉摸不定的东西，但善事做多了，确实可以积累到一些意想不到的缘分。

比如说我早些年很喜欢的一个女孩子，我和她相识，是因为她到长沙旅行，本来约好的人放了她的鸽子，她就在微博上找我求助，问我哪些地方好玩，哪些地方可以吃到独特的小吃。

好玩的地方还好找，小吃就难找了，因为我在长沙多年，去的都是偏僻的店，刚好我那些天没事，就打算带她一块儿去吃。

本来只是网友，在她来长沙之前从未聊过天，也未互粉，她跟我另外一个朋友倒熟悉一些，我仅仅知道她不是坏人，曾经买过我的书，晒书的时候艾特过我而已。

没想到见面之后，聊得很投机，我带她去了松雅湖湿地，爬了岳麓山，逛了橘子洲头，吃了永州血鸭，吃了坡子街的臭豆腐，吃了邵阳米粉，吃了常德肠子馆。临走还买了一些长沙人最爱吃的槟榔送给她。

最初仅仅是交个朋友，没想到她回去之后，对长沙的好念念不忘，两个月后又来长沙，依旧希望我带她去吃美食。

于是我继续带她去吃野猪肉，吃炖粉，吃蒸菜，吃她总也吃不厌的糖油粑粑。

这一次她在走的时候跟我说，她想做我女朋友。

和读者恋爱的经历那是第一次，有点儿突如其来。我会答应，除了她可爱，主要是因为她好看。

在一起几个月后，我常常问自己，你何德何能，配得上这样好看的人喜欢？

我不过是有一点儿幽默感有一点儿才华罢了，如果硬要找出其他优点，那只能说我是个好人。

如果一开始我不发善心，在想吃美食的时候带她一起，或者说在她第二次来的时候，我稍稍有些不耐烦，她肯定就不会喜欢我了。

我们在一起半年后，她家里因为钱太多了，没地方花，就送她出国留学了，临走的时候，她跟我说，我是她这辈子最喜欢的人。

的确，我从不拖泥带水，在一起就好好相爱，分手了也绝不纠缠。喜欢的时候把最好的东西都给对方，不能喜欢了也会祝福对方遇上更好的人。像这样的我，谁会不喜欢呢？

我周围也有一些总是单身的人，我发现她们有个共同点，就是等着人来爱，一定要确定对方非常爱自己了，才会安心地爱对方。这样的等待是很可怕的，因为你都不敢先全心全意地爱别人，别人怎么敢全心全意爱你呢？

03

不过保持单身也没什么不好，不主动去爱，等着别人来爱也不会被讨厌。我不太喜欢的女孩子，是那种对各个行业的服务人员挑三拣四的女孩子。

除非服务员确实很有问题，大多数时候服务员都是乖巧的，但是有些女孩子就喜欢刁难服务员。一般遇上这样的女孩子，我都会敬而远之。就算对方主动贴过来，我也会报之以冷眼。

与人方便自己也方便，斤斤计较的人，皱纹长得也快，有时候保持善良，也是为了保持青春。

我最喜欢看到的新闻，是那种年轻人不小心撞到了停在路边的车，因为车主不在，就一直等着车主来，或者贴了字条等车主联系自己好赔偿车主的新闻。

还有那种破三轮车不小心剐蹭到了豪车，豪车司机没有破口大骂，而是好言安慰的新闻。

虽然这样的新闻常常被湮没，但看到了，就会觉得自己不是孤独的，世上还是有我们的同类人的。

作家圈子也有关于好人的故事，俄国作家屠格涅夫有次看杂志的时候，被一篇小小说吸引，后来几经辗转，他终于联系上了那个新人作者，希望那个作者好好写下去，屠格涅夫觉得他只要肯努力，前途不可限量。得到了名家的肯定，那个文学新人更加勤奋了，此后一发而不可收，成为超越屠格涅夫的存在，那个新人作者叫托尔斯泰。

我喜欢这些善良的好人的故事，其实主要也是因为农夫和蛇的故事太多了。这样的故事多了人心态就会变。比如说我有个网络红人朋友，女朋友很漂亮，他用尽所有力气把女朋友也捧红了，然后女朋友就把他甩了。

虽然那个女生微博里还是经常会有男生的粉丝去骂，但这样的例子多了，难免会让人怀疑爱情。

有一次我问那个男生，后悔吗？

他说怎么会后悔呢？我又没有愧对谁，我在付出我的爱的时候，也是很开心的啊。

我又问他，如果再来一次，还会那样不遗余力地捧她吗？

他说当然，爱一个人，当然要不遗余力地对她好，如果有所保留，那爱得就不纯粹了。至于爱的人会不会反过来全心全意爱他，那是对方的事情。

他不会因为对方做事的风格影响到他的行为逻辑，换句话说，好人做好事是不求回报的。

他说她固然是抛弃了他，但她并没有诋毁过他吧。在别人眼里她似乎是对不起他的。但是在他们彼此的眼里，他们还是最好的朋友，只是不再是恋人而已。

这样的例子还有很多，还有那些做慈善的人，有时候也会遇到让人心寒的事情，但因此就不去做了吗？当然不会。因为好人一生心安，在你去做好事的过程中，你其实已经收获了精神方面的回报。拥有正能量的人不会因为一两件负能量的事情就丧气满满，他们反而会越挫越勇，毕竟有一个词叫“邪不压正”。

你那么好看，说什么都对

01

颜值现在成了越来越重要的东西，在热闹的街上走一走，绝对有人给你发整容小广告。去租金最贵的地段，也能遇到整栋楼都是整形医院。就算是你躲在小区里，电梯间的广告也总是在提醒你，在这个看脸的世界，有一张好看的脸是多么重要。

我周围有一些整容的女生，偶尔打个玻尿酸是家常便饭，开眼角、割双眼皮什么的现在都已经不算整容了，垫个鼻子也算是微整。现在说的整容，大都是大刀阔斧的整容，都是到了削骨换头的地步。

我反对整容，倒不是反对人变美，爱美之心人皆有之，我们不能阻止别人变美。

我反对的是在审美能力很差的时候追求美，把蛇精脸当作美，把外国人的鼻子当作美，无底线的削脸和垫鼻子，把一个活生生的人头变成呆板的模具。

还有整容之后不断地保养和维护，就像买了辆车一样，年年要买保险要加油要交停车费要保养。所以，如果整容手术需要十万块，而你只有十万块的话，还是别去整了。

02

变美真的就更容易赚钱吗？变美之后社会就会对你善良一点儿吗？我不这么认为。

我觉得这么想的人，大概是因为想走捷径，不能说绝对，但百分之八十整容的人，都想抄近路。在他们看来，如果付出一点点就能获得成倍的回报，就值得去冒险，在他们看来，如果能不劳而获就更好了。

他们从心底不支持“一分耕耘一分收获”这个简单的道理。

当然，这样说有些极端。还是有百分之二十的人，只是为了取悦自己，并不想取悦任何人，也不想走什么近路，只是为了变美一些让心情好一些，照镜子的时候能够有笑容。

这极少数的百分之二十是值得支持的，我周围也有这样的人，她们花自己的钱，让自己变美的同时，也让这个世界变得更美了，谁都不能否定她们。

对于这极少数的百分之二十，我只有一句话——你那么好看，说什么都对。

03

爱美之心人皆有之。我周围的美少女是很多的，因为工作的缘故，做杂志需要很多美少女的照片做插图，久而久之就认识了近百个平面模特和网络红人。美人看多了，也就麻木了。因为这份工作，也明白了，单凭美是不够的。

如果一个人觉得整容变美了，就可以走捷径，那就把世界想得太简单了。

这个世界是复杂的，你周围美人不多，不代表这个世界上美人不多，有时候变美了，只是多了张入场券，入场后你会发现，美貌只是一个起点。

我认识的模特里，最后走红了圈粉无数的，反而不是看上去最美的那个，而是最有个性的那个。一百个美丽的姑娘里，最后能够有一个靠美丽吃饭的就不错了。而美貌又是一碗青春饭，再好看的皮囊也终究是皮囊，撑不过二十年就会烟消云散。所以有些人会说红颜祸水，说美貌会毁了一些人。

我仔细想过，美貌如果毁掉一个人，那应该就等同于捧杀。

捧杀是不知不觉的，所有人都顺着你，逢迎你，让你觉得你无所不能，直到你失去美貌的时候再离开你。

“你那么好看，说什么都对。”这句话有时候就是一种捧杀，可能比起棒杀，更多人愿意被捧杀吧。尤其是女孩子，总是更爱美一些，谁不想被夸赞几句呢？

04

人是需要批评与自我批评的，这样才能进步。每日三省吾身虽然有点儿过了，但睡觉去反省一次得失还是值得的。

我想女孩子都应该保持这样的一份心态，不被甜言蜜语哄骗，不被恶意威胁吓到。明白自己的不足，也了解自己的优点。在这个复杂的世界里，知进退，懂分寸，人生自然就会越来越美好。

我常常想，以后我若有个孩子，若是个女儿，我该如何待她。不管她是美貌还是普通，我想都不是最重要的，一个女孩子最重要的，是要有信心。相信自己的判断和能力，不会被人夸几句就飘上天，也不会被人骂几句就气急败坏。

有了自信，还要有宽阔的胸襟，古往今来，那些巾帼英雄，都是这样的人。

说到巾帼英雄，其实回想古时候的人，像花木兰、平阳公主、梁红玉、冯婉贞等人，未必是非常貌美的人，但因为她们的事迹，我们总是愿意把她们想象成非常貌美的人。

也就应了那句话，情人眼里出西施。当你仰慕一个人，喜欢一个人的时候，不管对方长什么样子，你都会觉得对方是好看的。不管对方说什么，你都觉得对方说得对。

而让人喜欢，长久地喜欢，又是一件复杂的事情，单独靠美貌肯定是不够的，还是需要去脚踏实地做一些利人利己的事情。

所谓相由心生，利人利己的事情做多了，很普通的人，也会变得好看。同样，损人利己的事情做多了，好看的人，也会渐渐地变得面目可憎。

没那么简单

01

最近收到许多心里很苦的读者的留言，她们讲了很多不被疼爱呵护的成长经历，有了这样的经历，长大后很容易孤僻，没有朋友，只能靠读书来聊以自慰。

但因为读的书不够多，还是经常会有顾影自怜的时候，最让人痛心的是，有些读者还会做出过激的事情，只为了博取一点儿关注。

我对她们的回复，常常也只能是劝她们多读书，书读多了，心里的苦就化了，苦化了，就会有光亮照进去，心里有了光，就会有人爱。

如果心里满满的都是苦，在不融合这些苦之前，是很难被人爱上的，被爱上了，也会生出更多苦来。

世间的事情就是这样，没那么简单，要完成一件事，通常要先去做另一件事。要获得一个人的爱，通常要先让自己变得值得被爱。而不是随便抓个人来谈恋爱，随便抓个人来，总是很容易抓到人渣。就算遇到人品好的，也会因为你的随便而轻易失去。

02

上学也是这样，很多人认为考上了名校，就可以飞黄腾达了。其实考上名校和飞黄腾达是两回事。名校只是给了你开眼界的机会，你若是闭着眼，也一样变成盲人。

同样，退学也不意味着走投无路。因为离开学校不意味着放弃学习。在哪儿都能读书，学习不是要别人管着监督着才叫学习。

世间事的复杂，常常让人无可奈何。有时候选择走什么样的路，得到的多还是失去的多，只有自己知道，别人看到的都是皮毛。

幸福的人呢，通常都是过上了自己十年前二十年前就畅想的生活的人。不幸的人呢，通常就是失算了，所以诸葛亮也可以说是不幸的。虽然贵为丞相，但毕竟出师未捷身先死。

也正因如此，我这些年来一直在降低欲望，欲望降低了，人就过得快乐些，饭也吃得下了，觉也睡得香了，醒来后做事也事半功倍了。

03

劝年轻人放弃功名是很难的，但为什么我还是反复说呢？原因只有两个，一个是一百个人里，还是有一两个心里苦的人听进去了。剩下听不进去的，损失也不在我。还有一个原因是，反复说可以巩固我的思想境界，不是有句话吗——念念不忘，必有回响。

这些思想，也让我结识了不少志同道合的朋友。

比如说我的好朋友周文，她在浙大读完博士后，一直在很冷门的领域做研究。既赚不到钱，也赚不到名，但她赚到了快乐。我的朋友里，她可能是过得最轻松的，因为她对名利无所求，只是一心做学问。一心做学问这件事看似简单，其实最难。

红尘中有太多诱惑，就连微博，我常常说要从手机上卸载，过不了多久又会下载。

我曾经在韩寒主编的故事集《在这复杂世界里》发表过一篇叫《别怕有我》的故事，收到样书的时候，我就在想，其实世界越复杂，可能越要做一个简单的人。因为只有这样，你才能够更容易地和其他人区分开来，更容易地遇到你想遇到的人。

04

茫茫人海，想做一个复杂的人其实挺容易的，想简单反而会遇到挑战，我让自己尽可能保持简单的方法就是多看正能量的故事。

我上网的时候，就尽可能地多刷那些感人的幸运的故事。比如说非洲有一个地方，物资匮乏，人穷得常常衣服都没得穿，当然天热也不用穿什么衣服。

在那里有个小朋友，五岁左右吧，和哥哥出门玩的时候走散了，独自遇到了一匹土狼，如果换作我，可能吓哭了。但是那个小朋友很机智，他听他的爸爸说，土狼害怕很高的人，土狼只敢招惹小朋友。

于是他就捡了个树桩顶在头顶上，一下子仿佛变高了，土狼不知道小朋友怎么就变高了，也不敢贸然攻击他。僵持了很久，后来小朋友的哥哥来找他，打走了土狼，小朋友获救了。

看到小朋友获救时纯粹的笑容，我觉得简单一点儿真好，我们有时候过于刨根问底，过于较真了，我们的很多不快乐，就来源于我们不会糊涂过日子。难得糊涂，可能是我们在这个不简单的社会里最有效的处世哲学。

有些人和事，最怕来日方长

在这个年代，陪伴是最长情的告白；愿至情至性之人终归至爱。

和爱的人一起出糗

01

为了休养身体，我从家里搬出来，租了个宽敞明亮的大房子。收拾房子的时候，女朋友发现上一任房客在冰箱的冷冻柜里遗留了一袋汤圆，她想丢掉，却发现汤圆袋子被死死地冻在了冰箱上，在用力撕扯汤圆袋的过程中，她一个不小心，摔倒在了地上，差点儿砸坏了身后的垃圾桶。

跟我叙述事情经过的时候，我笑喷了。我想起上一次搬进新家，女朋友就是一个不小心摔了一跤，砸碎了我刚买的塑料垃圾桶，为了避免垃圾桶再次蒙难，我就去买了个铁质的垃圾桶。

类似的糗事还发生过很多，有时候我会忍不住问女朋友，你是不是看我生病了心情不好，故意出糗逗我开心的？女朋友每次都否认。

像赶火车坐错车厢，吃坏肚子忍不住奔跑着去厕所等糗事，在我们的生活中层出不穷。我偷偷写出来，可能会破坏她小公主的形象，但我还是打算写出来，因为就在今年夏天，我也开始不断出糗了，她算是扳回一局。

可能相爱的人就是这样，不会因为对方是男神就希望对方高冷，不会因为对方是女神就希望对方维持那一份神秘和优雅。

甚至可以说，你宁愿对方放弃优雅，只求她自在从容地跟你在一起，做再多的糗事都无所谓。在别人眼里可能是有失女神形象不够优雅的事情，在爱的人眼里，就是可爱，无敌的可爱。

02

我做过的最大的糗事，就是穿反了裤子，在外面转了一圈吃了饭回到家才发现。这件事让女朋友笑了足足一个星期，我也因此而觉得人生在世，不必太认真，马马虎虎糊里糊涂也蛮好的。

女朋友经常忘记一些事情，总是找不到一些东西，但那些都是生活中鸡毛蒜皮的小事，大的事情，她总是提前很久就准备好，总是能在我都不记得的时候给我一个惊喜。

和她在一起，我渐渐变成了另外一个人。过去的我很怕苍老，觉得三十岁是很恐怖的年龄。等到了三十岁，因为和她在一起，我开始热爱全部的生命。我开始向往我们四十岁、五十岁、六十岁的样子，向往和期待每个阶段的生活。

虽然已经离开校园很久了，她还是保持着写日记的习惯，记录着我们生活中所有有趣的细节，很平淡的一天，在她眼里也是生动有趣的。在我看来很多一闪而过的念头，她都能牢牢记住并且写进日记里，后来回过头看她之前写的日记，总是能看到很多已经淡忘的欢乐的瞬间，很多久远的画面因为文字的记录而恍若昨天。

03

和女朋友一起出糗，是在阳朔的时候，从十里画廊骑车回来，我躺在床头看书，她趴在床上听语音节目。

听到一个很红的电台时，她突然一跃而起，说：“你被抄袭了！”

被抄袭的感觉是很奇怪的，就像走在路上被路过的司机故意溅了一身泥，你只希望这样的事情没有发生，但这样的事情已经发生。

我去听那个节目，发现是一个非常红的电台DJ，他原封不动地照搬我在ONE回答的问题，然后据为己有。

我过去也被抄袭过很多次，在萌芽论坛上，在榕树下网站上，有些我揭露了，有些没有商用的，我就懒得追究了。

这一次决定追究，是因为这篇文章写的是“你有没有在你的女朋友面前哭过”。

里面写的是相对私密、独一无二的体验。这样的体验被人偷走了，那种感觉非常恶心，这就不仅仅是一篇文章的问题了。

于是我连发了两条微博，艾特了那个抄袭我的DJ。女朋友非常支持我的决定，并为及时发现有人侵害我的权益而高兴。我们都觉得，这下那个人要身败名裂了。因为我发出来后，不仅仅是我一例，还有很多的受害者都在微博下面留言说被他盗文。

糗的是，很红的那个DJ根本没有回复我的微博。只是私信我说：你好，我是他的助理，那篇文章我们已经删除了，也请你删除你的微博。

就是这样，被发现了，就删除，没有任何歉意。这就是网络时代。我觉得很糗，女朋友也觉得很糗。做错事的好像是我们，不懂规矩的好像是我们，跟不上时代潮流的好像是我们。曝光之后，人家不但没有身败名裂，还更红了，还被更多人关注了。

这件事让我和女朋友像两个被无赖老板拖欠了薪资的工人，明明道理在你这边，趾高气扬的却是对方。你去争去闹不但没有拿回你应得的钱，还赔上了时间和尊严。所以我想这算是我们一起做过的最大的糗事，而且是“飞来横糗”。

不久，我又被抄袭了一次，那个女生自称是某家公司的编辑，找我约稿，我给了她三篇，一篇写我表哥的爱情故事，一篇写我最后一个女朋友，一篇写我的家人，最后她把三篇混合打乱成一篇，署上她自己的名字，发表在了一本书里。好巧不巧的是那本书有一天被我看到了，如果不被我看到，我可能还以为她是个善良的好人。

这一次我不再像上次一样，高高兴兴以为揭穿了对方的真面目，结果根本对人构不成半点儿伤害，还浪费自己的时间和心情。因为有些人就是无赖，就是等着你曝光，曝光后好更加出名更加有争议和话题。所以我既没有找她理论，也没有公开这件事，我只是默默地拉黑了她。我不相信这样的人能够混长久，我更不愿意在这样的人身上浪费精力，和这样的人争执都让我觉得脏了自己。

世上不如意的事情很多，好在美好的事情也很多。我努力让自己把时间和注意力放在美好的事情上，这样我才不会变得愤怒，不会变得厌世。

我希望我一直能够做一个温和的人，宽以待人，严于律己，女朋友也希望我做这样的人。当我因为别人的不堪而愤怒和厌世的时候，我最先影响到的就是身边人的心情。

所以那一次的阳朔之旅后来没有那么愉快了。我一直想，有机会我要和女朋友再去一次桂林，再去一次阳朔。去了之后就关掉手机和电脑，只带两本书。

游览一番风景，吃吃美食，看看书就好。外界的一切，不适合在旅途中观看，不然很容易就影响了已经放飞的心情。

写到这里，女朋友在厨房叫我，她做了糖醋小排和小炒黄牛肉，让我帮她收拾下餐桌，马上就可以开吃了。

糖醋小排是在上海的时候女朋友学到的，小炒黄牛肉是在长沙的时候女朋友学到的，去成都的时候她学会了做水煮肉片和鱼香肉丝，去香港的时候她学会了做港式甜品。

如果说我旅行是为了放松心情，了解风土民情好写书的话，她旅行就是为了练就一身天下无敌的厨艺。

就目前的程度来看，我们都还需要努力。我离流芳百世还需要很多年，她离天下无敌也需要很多天。好在不管未来有多远，我们都能够陪在对方身边，这样所有的欢乐都能分享，所有的苦难也都能一起战胜，生活也就变成了一个巨大的，让人乐而忘返的游乐场。

做一个至情至性的人

我们身处的社会里，至情至性的人总是少的，被迫屈服于现实倒是可以理解，不能理解的是有些人屈服以后就忘了初衷，就开始拜金，还以为自己的选择是对的，甚至开始嘲笑偶尔出现的至情至性的人，觉得他们傻，觉得他们吃力不讨好。

我有时候也会做傻事，所以我从来不敢嘲笑至情至性的人，我会痛哭流涕，每次都是因为他们。所以后来我开始写作，就是想写我遇到的那些至情至性的人，有些事情发生在我身上，有些发生在别人身上，事情不重要，关键是那些人太纯粹。同样的事情，若放在其他人身上，就会看到龌龊和不堪。所以我常说一句话，仁者见仁，蠢蛋见蠢。

我一口气写了十七年了，写成了近三十本书，都出版了。其中《我不愿平平淡淡将就》和《陪伴是最长情的告白》最畅销，尤其是《陪伴是最长情的告白》，很多人因为这本书认识了我。

因那本书认识我的人时常问我“陪伴是最长情的告白”上一句是什么，我说没有上一句。他们说那下一句是什么，我说也没有下一句，为什么一定要有上下句呢？

有些人不服气，就自己造了上下句，后来这句话就发展成了“陪伴是最长情的告白，相守是最温暖的承诺，思念是最温情的等待，默契是最无声的情话，离开是最无奈的释怀”。

然后后面还会写上出自天涯蝴蝶浪子。我真是哭笑不得，我哪有写这么多句？之前也有人问我为什么写这句话，这句话背后有什么故事，我说没什么故事。有人追问说总不可能凭空写了这么一句话吧，总要有个前因后果。我说如果硬要说出来，可能就破坏了这句话给人的感觉，于是一直沉默着。

这句话的流传倒是众所周知的，从我写的一封信，到QQ签名，再到QQ空间里的流传，再到出版成书，再到微博上的流传，再到被陈奕迅唱进歌里。一晃已经过去五年了。

五年后，《陪伴是最长情的告白》已经要出典藏版，我写信的那个女孩，也已嫁作人妇，我想这时候，说出那个不合时宜的故事，似乎也无伤大雅了。

如同我前面提到的写作初衷，我崇拜至情至性，讨厌虚情假意，年少时在很多人眼里我都是个反熵的人，总是做吃力不讨好的事情。

那时候我喜欢一个女孩子，只会默默地喜欢她，但从眼神中对方也能感觉到我对她的喜欢，我只是没有勇气表白，我害怕一说出来就破坏了我和她的关系。我觉得我们是在默默地享受着这种默契和亲密。

直到另外一个男孩出现，疯狂地追求她，她抵抗不过，很快就沦陷了，热恋了，后来男孩有了新欢就抛弃了她。她觉得那个男孩子骗了她，对此耿耿于怀了很久。而我和她也再也回不到那个脉脉传情的时期。

再后来她变了，总是快速地走进一段感情又快速地抽身。她跟我说，现在的人都是虚情假意，得到你之前仿佛可以为你去死，得到之后就爱搭不理。

我为她的遭遇难过，可是我无可奈何，那都是她自己的选择。就像我选择了默默喜欢她，就要面对别人抢走她这一事实。

到现在，我在爱情里还是被动的，现在有了2·14，有了5·20，有了七夕还有了光棍节，一年四季春夏秋冬都有表白日，可还是有那么多人单身。我想那些人应该跟年少的我一样，不仅仅是害怕表白。是害怕表白后面的东西，万一对方接受了，你是要负责一辈子的。

你有能力照顾对方一辈子吗？有能力让她一辈子不受委屈吗？能不能？这个问题难住了年少时的我，那时候我一无所有，只有一份单纯的爱和仰慕，我觉得自己还差很远，还配不上对方，我觉得再等等，等我强大了能够保护她了再告诉她。

我觉得陪伴是最长情的告白，不是一定要把话都说出来，我觉得我一直在她身边，她能够感觉到我的心意。后来我把这段经历告诉我朋友，我朋友说其实你没错，只不过你遇到了一个错的人，人家只是把你当备胎。陪伴是最长情的告白，也是最长久的备胎。我当时断然不信，我觉得我的眼光不会错，直到最近听闻她嫁给了我们当地一个比她大二十岁的煤老板，我才恍然大悟，也许我连个备胎都不算，我只是一个千斤顶，换备胎的时候用一用罢了。

蠢钝的我在很长一段时间里，都把那份千斤顶的情意，当作深情一而再再而三地写进我的书里。当年我觉得傻的是她，现在我想其实大家都很傻，都把一些不重要的东西看得太重，对重要的存在视而不见。

真相总是不那么浪漫吧。当年的我希望她能够明白默默陪伴她的我才是最值得她珍惜的那个人，那些甜言蜜语哄骗她的人只是贪图她年轻貌美。但那时候的她似乎觉得我和其他人一样，甚至还不如那些人，她觉得那些人起码还敢说，我连说都不敢。

好在即便敢爱不敢言，如今我也找到了我爱的人，可能人与人之间，有时候就是很难相互理解，你以为的一往情深，可能就是会被当作胆小怯懦。也许只是因为不是一类人吧，就像青蛙和牛蛙，虽然都是蛙，但一个是保护动物，一个是盘子里的菜。

好在这些都过去了，今天写出来，像放下了心中一块大石头。也许我们在生活中总是会遭遇虚情假意，但我们要相信我们会遇到那个真心爱我们的人，我们要等待或寻找那个人，然后终其一生都陪伴在她左右。如果大家还需要金句的话，我今天就做个圆满，在后面再加一句，满足一些人的心愿，让前后都齐全了吧——在这年代，陪伴是最长情的告白；愿至情至性之人终归至爱。

生命的温度

01

奶奶去世的时候，我回去送她最后一程。爷爷很多年前就去世了，所以奶奶的离开，等于结束了那一辈人的存在。

我曾经幻想过，自己飞黄腾达了，给奶奶买很多好吃的，带奶奶去很多的地方。结果还没等到我飞黄腾达，奶奶就不在了。

我还有一个朋友，她负责出版了我的第一本书，我们经常畅想一起去旅行。她因为自幼生病，从未去过天津以外的地方。

可惜在她还不到二十五岁的时候，因为手术失败，离开了这个世界。我们最终还是没能结伴旅行。

我小时候的玩伴，一直生活在农村，长大后因为有了孩子，外出赚奶粉钱，在深夜的时候开车走盘山公路，不慎跌入悬崖。那一年他的孩子还不满一岁。

还有我的一个演员朋友，生病后跟我说她开始写她的新书了，我答应等她写完就帮她出版，结果不过几个月，她就病情恶化，离开了这个世界。

她去世后，我有天在电视上看到她主演的电影，感觉生命像梦一样，那么真实又那么虚无。

人在小时候不太懂得死亡意味着什么。长大后弄明白这件事，算是经历了一个很残酷的过程。如果不是身边总有人突然离开，我一直觉得生命像草木像大地像空气，觉得它们没有温度，觉得它们永远存在。

02

我常常安慰自己说，死去的人只是先走一步，我们终究去往那里和他们相聚。

可是随着年纪的增长，我发现我越来越喜欢小孩子，有时候在小区里看到打闹的小孩，我的心情会不由自主地好起来。就像在草原上看到奔跑的羊群，那是生命的温度，那是生命的力量。与此同时，我害怕看到老人，害怕看到皱纹，害怕看到医院。

当我们拥有什么的时候，我们总是不在意什么。当我们在意什么的时候，常常意味着我们已经不再拥有。

比如说童年，拥有童年的人总是渴望长大，而失去童年的人总是渴望回到童年。

我过去很怕和人肌肤相亲，除非是很亲近的人，不然我总觉得很脏，包括动物，如果被小猫小狗舔舐了，我总是要洗很多遍手，用洗手液反复洗。

而如今，我很喜欢结实的肉体的感觉，有时候我会一下午都在抚摸一条狗一只猫，撸猫的人为什么快乐，我算是多少有点儿体会到了。

我过去喜欢静止的东西，害怕吵闹害怕动物，或者不能说是害怕，是嫌弃和厌恶。现在有时候感觉房间里太静了，我会不由自主地打开音乐，放点儿摇滚。

过去不喜欢买花的我，也开始习惯在屋子里放点儿香味浓郁、颜色鲜艳的花朵。

没有温度，没有声音，没有味道，没有颜色，会让我觉得自己的生命力也丧失了。

03

有生命离开就有生命到来，有一次我回故乡过年，看到我小时候带着放风筝的外甥已经是两个孩子的爸爸了，那种感觉，让我觉得我好像不再是我了。

还有哥哥家也有了三个孩子，老大跟我还亲近，老二老三都是在我不在家的时候出生的，跟我都有些生疏。姐姐家里也有个女儿，这些新增加的生命，让我觉得我好像也被迫改变了。

我过去没有意识到我的改变，或者说刻意忽略了这种改变，直到有一天，开始有人称呼我“舅爷”，开始有小孩管我叫“舅舅”，随着这些新增加的称呼，我明白我再也不是过去的我了。

那个追风的少年，早就不在了，是我一直以为他还在而已。我固然没有更名换姓，但现在的我已经和过去的我截然不同了。

有时候我会做对比，看现在的我更好还是过去的我更好。对比的方法当然是别人的目光。

在女孩子眼里，现在的我才华得到了认可和证明，有更多的女孩喜欢我了。现在的我魅力当然是大于过去的。

在家长眼里，过去的我只能啃老，现在都可以照顾老人了，现在的我也比过去的我强。

所以尽管我怀念青春，但真给了我时光机，我可能也不会回去，因为我的青春期似乎除了贫穷和自负，一无所有。

谁要回去做一个被人嫌弃的穷鬼呢？那时候固然健康，但那时候的我渴望的正是现在的生活。

那些渴望回到过去的人，大都是因为过去过得不错，而当下的生活一团糟。但凡过去过得糟糕，现在过得不错的，没有一个不是假惺惺的怀旧的人。

04

旧物需要扔掉，我过去总是舍不得，总觉得那些陪伴过我，就算是我生命的一部分了。

长大后东奔西走，总要搬家，有些东西没法带走，只能扔了，最后扔得多了，心肠也就硬了。

最硬的一次，我把我养了多年很喜欢的小狗，也送给了姨妈去养，都说狗是最忠诚的动物，但假如你背叛了你的小狗呢？我不知道别人的下场如何，反正我几年后回到姨妈家，那只被我从小带到大的小狗已经认不出我了，或者说，假装不认识我了。

我不知道有生之年，我能否以平凡之躯，给这世上带来新的生命，我憧憬也害怕那一刻。我想那一刻的到来，才真正意味着我打开了人生新的篇章。

我并不急于翻开下一章，就像读书一样，有时候一章读完，你会怅然若失，因为发生的那些故事，有时候并不总是像你期待的那样。

写到这里，我想起我的女朋友，已经和我相识四年了，和四年前相比，她的性格变了许多，让人高兴的是，一直是朝着我喜欢的方向在变好。我能够接触到的最近的生命体就是她了，我有时候会想，在她的眼里，我这个生命体是怎样的呢？

我们眼中的自己，常常和别人眼中的是不一样的。就外表而论，经常会有人拿一些我觉得和我完全不像的人的照片来跟我说：看，这个人好像你。

照片是没有温度的，我看不出来，我觉得可能别人判断像我，是靠动作表情吧。生命和生命之间的联系，最终依赖的，可能就是一个温暖的拥抱，一个甜蜜的笑容。如果一个人笑起来很像你，那在有些时候，在有些人眼里，他其实就等同于你。

当我们在谈论爱情的时候
我们在谈论什么

01

很多公司找我约稿，希望我写一写独立、单身生活的快乐，写独立女性和独立男性都可以。

虽然我拒绝了这类约稿，却忍不住想到了一个问题，爱情什么时候变得没有吸引力了？过去大家多么喜欢爱情故事啊，现在怎么开始喜欢讲独立生活了？

我拒绝写不是因为我还沉迷在爱情的故事里，是因为我已经没有立场写了，我自己天天甜蜜蜜地恋爱着，却教导别人单身万岁？

这样的事情我还干不出来。就算是我当年单身的时候，也写了很多爱情的美好。虽然也经历了一些伤人的爱情，但那都是爱情到最后的样子，爱情一开始的样子还是很美好的。

我年少的时候，“单身”这个词甚至是个贬义词。类似“活该你单身”这样的句子经常被人用来骂人，那时候，单身大约等于穷和倒霉。

我还记得那时候最流行的《单身情歌》里的歌词——抓不住爱情的我，总是眼睁睁看它溜走，世界上幸福的人那么多，为何不能算我一个？孤单的人那么多，快乐的没有几个。

现在呢，谁还敢说单身的人就是不幸福的人呢？“穷”和“倒霉”依旧是贬义词，但是“单身”不再是了。单身的人，很多还都快乐得很。

02

我所在的单位里男女比例严重失调，一百七十多个人，只有不到二十个男生，剩下的全是姑娘。

而且男生还都是高管，都结婚生子了，就算没结婚的，也都有对象。而女生里，百分之八十都是单身。

我曾经想过她们单身的理由，很少社交喜欢宅着是一个原因，还有一个原因是她们都太文艺，渴望一个白马王子一样的男生，渴望心上人踩着七彩祥云来找她们，现实中的男人都太俗气，她们看不上。

最近我发现，不仅仅是这两个原因，因为有些女生恋爱了后来还是选择了分手，即便没有分手的走进了婚姻殿堂后也不见得幸福。

有些人不幸福的原因是恋爱后生活质量下降了，一个人的时候还能温饱，两个人在一起后常常要喝西北风了。

为什么会这样呢？我猜测，主要原因可能是当代年轻人生活负担太重。

比如说工作后的异地恋，大多数都很苦，如果一方要到另一方的城市去玩，就需要请假，就会被扣工资。

如果在一起呢？一个人想吃什么就吃什么，两个人就总想能让对方吃好点，吃好点就不能将就，不将就就多花钱，而两个人常常都没钱。

现代的人越来越胆小，越来越输不起，而爱情又需要百分之百的信任，一旦有了怀疑和怯懦，爱情很容易就毁掉了。

03

我是不觉得单身生活有什么值得提倡的，单身的人多了，出生率就会降低，老龄化就会严重，对整个社会也不好。负能量的事情会越来越多。想要社会充满爱，就要告别单身。

但是独立这件事情，又不能一棒子打死，因为独立总不完全是坏事，尤其是一个孩子从家庭中独立出来，更应该是我们鼓励的行为。啃老也是非常负能量的事情。

但今天我们谈的是爱情，爱情里需要独立？我觉得不需要，爱情就是相互依赖，爱情里如果过分强调独立，那还是单身比较好。

我记得有人说过，女人是男人遗失的那根肋骨。且不论这种说法靠谱不靠谱，起码它说出了一点真相，就是男女是互补的，男女搭配，干活不累。

一个人的美丑对大多数人来说不重要，爱他的那个人觉得他顺眼就好了。

一个人的贫富也不能只用金钱来衡量，也许那个人能够带来许多金钱带不来的东西，那就足够去爱了。

我想如果我周围的女生，能够不去幻想白马王子，不去幻想踩着七彩祥云的心上人，那她们很快就能告别单身。因为现实生活中也有不少闪耀着光芒的人。

尽管单身越来越被视为正常，但我想无论到何时，真正爱着的人，都是让人羡慕的。所以我也希望所有的读者，早日找到那个爱他的心上人。

爱情都是相互的，当你找到了值得爱的那个人，勇敢地付出你的爱，就一定能换回更多的爱。

离乡十七载

01

转眼我离开故乡南来北往地闯荡已经历经十七个年头了，刚离开家乡的时候，当然是想过他日衣锦还乡的。毕竟项羽曾经说过，富贵不归故里，如同衣锦夜行。

后来真有些成就了，反倒离故乡越来越远了。说不思念故乡是假的，就算心不思念，胃也思念，吃到故乡的食物，总免不了要多吃几口。

回不去当然有回不去的原因，人都喜欢往高处走，走得越高心越大，越觉得故乡小小的，已经装不下自己。且生怕一回去，就开始走下坡路，毕竟家乡的信息相对闭塞，乡里乡亲日常关注的事物也早已和我关注的事物相去甚远。过年时回到故乡，有时竟有身在异乡的感觉。

我赚钱后曾在故乡买了个房子，闲居过一年，后来还是耐不住寂寞，搬家到了大城市。搬家后日常生活倒也没多大变化，还是很少与人交流，左邻右舍也依旧相见不相识，但心似乎是安稳了一点儿。

我对自己说，再赚一些钱，就急流勇退，回乡彻底隐居。可惜一晃又过去三年，人心总难知足，或者说，到底走到哪一步，才算是显达，才可以急流勇退呢？

对于从军之人，做到大将军便可急流勇退，可是对于写作之人，哪里是个头呢？即便得了诺贝尔文学奖，不也依然要写下去？

可能有人会说，在哪里写不都一样？我想这样说的人，大都没有真正写作过。不同的地方养育不同风格的作者，在哪里写还真不一样。

我在北京时写的那些文章，回到故乡后再也写不出来了，在故乡时写的那些文章，到异乡也写不出。在成都时写的文章，在长沙时写也不一样。不一样的环境，不一样的心境，写出来的作品自然不同，如同一方水土养育一方人，一方水土也孕育一方文。

02

自从有了女友，到了谈婚论嫁的年纪，故乡越发回不去了。因为女友是上海人，自幼生活在上海，我都受不了的乡村野居生活，她更受不了。倒也不是嫌弃乡下荒凉闭塞，是人均素质不同的缘故。不可否认，上海是要比很多地方都文明，单就火车站禁烟而言，上海的火车站和公众场合是真正做到了无人抽烟，而其他城市则无人把禁止抽烟当回事，在电梯里、在厕所里、在出租车上、在饭店里总是能被熏得泪流满面。

因为渴望一个无烟的环境，所以我未来势必要跟随女友一同去上海生活。当然，每个地方都有每个地方的好，每个地方都有每个地方的鄙陋。就像每个地方都有温和的好人，每个地方都有险恶的坏人一样。

故乡虽然禁止不了那些公众场合乱抽烟的人，但故乡有辽阔的田野、茂盛的树林，还有尧山等风景名胜区。故乡的房价也低廉，水果价格更是不到上海的三分之一。上海的房价众所周知，不然也不会有人打出逃离北上广的旗号。不仅房价贵，物价也贵，但还是挡不住涌入上海的人潮，人一多，生活就艰难起来，有时候打个车都会被司机骂说这么近的路坐地铁或者走路多好，一打车大家都堵在路上了。

如果要在上海上班，早上挤地铁上班，必然是苦不堪言的。我离开北京，就是因为花在上下班路上的时间太多了，感觉一生里三分之一的时间都用在你推我搡上了。

03

我有个朋友，跟我一道写作多年，已经在他的故乡买了多套房子。另外一个异性朋友，也在她的故乡买了两套房子。我羡慕他们能够安稳下来的心性，我总觉得，房子在一个地方有一处就够了，有余钱真要买，不如多选几个城市，这样没事可以到处住住多好。

我当然是没有做到在我喜欢的城市都置办房产，但我一直怀着这份心，也是这份心，让我发现我其实是安稳不下来的人。

我不想在任何地方停留太久，故乡也好，异乡也罢，我都不想停留太久，我似乎是怕一停留下来，一生就只剩下重复。

年少时曾看过一本书，书上说有一种鸟，叫荆棘鸟，它一出生就在飞翔，不遇到它中意的荆棘树，它就不会停下来，当它停下来的时候，就是它要死的时候了。死之前它会放声歌唱，直到气绝身亡。

我不知道我的命运是不是也是属于这种鸟，一生颠沛流离，一生寻找，至于寻找什么，我也说不清楚。我唯一清楚的，可能只有停不下来这一点。当我停下来的时候，也许，就是我要写出流芳百世的名著的时候吧。就像荆棘鸟，临死之前那一曲高歌，足以使世间所有声音黯然失色。

04

写这篇文章时，恰逢家人打来电话，问何时回家，答过年时。其实过年时并不会回去，已经连续多年了，我都是选在三亚或者大理这样气候温暖的地方过，故乡的冬天太冷了。且过年时需要和太多人接触，在家中很难清净。

我总是在过年后，三月初回家，那时候家中只有父母，可以好好地陪伴一段时间。我有时候想，故乡对于很多人来说，无法替代的真正原因，可能只是故乡有父母在。若父母随我离开了故乡，可能长达十余年甚至更长的时间，我都不会回去了。

所以当这篇文章呈现在读者面前的时候，我恐怕已经离乡十八载甚至更久了。像我一样漂泊在异乡的人应该还有很多，我不知道他们是不是像我一样，会觉得自己渐渐变成了没有根的人，自己的下一代，会不会更加无法确定自己的故乡究竟在何处。

苏轼说此心安处是吾乡，我有时候想，会不会是因为苏轼生活的时代一切变化得都不快。不像现在日新月异，我在成都生活那几年，那里没有高铁，没有高架桥，没有地铁，更没有像太古里那样繁华的街市。若干年后回到成都，感觉像到了另外一个城市，那里已经不再是我记忆里的样子。当我们的居住地在不断变化的时候，我们的心又可以安放在何处呢？所以我想我不知不觉中写下的这些文字，抒发的不仅仅是乡愁，更多的是对此身如寄，生如蜉蝣的无可奈何吧。

谁还不是一边成长，一边学着拥抱孤独

总会有那么一些人，随着时间的推移和我们渐行渐远，从无话不谈到无话可说。

我打电话的地方

01

我已经很久没有打电话了，我是说那种倾诉式的、聊天性质的电话。我最近几年打的电话，都是工作性质的，就算是给爸妈打电话，也都是公式一样，问候健康，问问家乡变化而已。

生活中似乎没有，也不必有那种煲电话粥式的人的存在了。想到自己以前常常煲电话粥，会觉得真是不可思议。

就像年轻的时候还写过很多信，交过很多笔友，现在想来，那时候怎么会有那么多话想要对人说呢？

而且都是对陌生人说，对熟悉的人，那时候反而常常是沉默不语的，总觉得身边的人都不理解自己。

其实异乡的陌生人就理解自己吗？我觉得未必。因为距离和陌生带来的未知感，可能也算是一种不用理睬后果的发泄的快感吧，相对于熟悉的生活熟悉的一切来说。

长大后许多事情都被简化成了赚钱和上进，烦琐的少年时光也只是在回忆里变得简单，事实上当年可复杂了，一万种心事可以对人说，现在所有的心事都被压到心房的角落里了，如果硬要拎出来说，就显得矫情了。我想我是一个矫情的人吧，只不过长大了就戴了一副成熟的面具而已。

02

我最终还是没有想出给谁打一个电话，看着手机上的号码，给谁打都是一种骚扰。每个人都有每个人的生活，我的生活也和他们一样程式化。

但我还是心心念念想要打一个电话。在我想的时候，也有无数号码给我打电话，但都是推销性质的电话，他们更没时间跟你闲聊。

我想如果可以，我真想给年少时的我打一个电话。或者可能任何一个年少的人，才有时间和心情跟我说无聊的话。

如果可以，打给年迈时的我也行，我想问问他老了之后我眼中的世界是什么样子的。

这些当然都无法实现，我只能想一想，我还幻想过给一个个陌生的号码打电话，问问他们的生活，说说我的琐事。

事实上我并不能那样做，我知道结果，对方肯定会骂我神经病，然后挂断电话。长大以后，我多少算是看清了这个世界的一些真相。

所以小时候感觉到的好处，大都是加了滤镜的缘故。人生就是一个去掉滤镜的过程，等你活到一百岁，人生在你面前就是一张原图，没有任何修饰的原图。

03

我的好朋友去了荷兰，我以为他会给我打电话，说那个地方多美好。可是他没有，他只是不断地更新着朋友圈。他的快乐想要分享给每一个人，而不是我。

我另外一个长年住在荷兰的朋友，却很少发荷兰的照片，他倒是更喜欢分享国内的消息，更怀念国内的人和美食。

我们都是因为不了解，而误认为一些地方是我们心中的天堂，其实住久了，哪里都一样。但我并不会因此而放弃旅行。就像我不会因为没有人愿意听我说话而放弃对打一个电话给远方的人的幻想。

我还记得我最后一次打电话给远方的人，是二十岁的时候，那时候那个朋友还在读大学，他很想退学，问我退学之后的生活，我滔滔不绝说了很多，最后他还是没有退学。

过了二十岁后，我就开始忙着谈恋爱，就像二十岁前我忙着读书和旅行，没空谈恋爱一样。

如今我已经三十多岁了，我开始忙着赚钱，或者说忙着和赚钱相关的一切。而且我发现我周围三十多岁的人大都跟我一样在忙着赚钱，这让我感到沮丧。我辞了几次职，去沙漠和草原深处静坐，我试着逃离，可最后我还是回到原地。

我再也不能像十几岁时那样，只顾着疯狂读书和旅行；我也无法回到二十多岁那样，每天只想着和漂亮的女孩子约会。

人生在不同阶段只能做不同的事情。没有人下这个规定，所有人却都在执行。

我记得我年少时看过一本书，书里的主人公和作者是好朋友，主人公带着作者横穿了美国，作者觉得主人公太酷炫了。可是很多年后，作者去找主人公，想再来一次横穿美国的旅行，却发现主人公已经娶妻生子过上了平凡的生活。主人公对作者说，别傻了，你都多大了，还在做白日梦。你改变不了这个世界，不能再浪费时间了，早点儿改变你自己吧。

主人公或许是在不知不觉中改变的，连他自己也没有察觉，他就变成了他年少时讨厌的经常嘲笑的那种人。

幸好我还没有变成那种人，我还时常惦记着，要给远方打一个电话，尽管我到现在还不知道号码。但怀着这个念想，我想我就不会那么快老去吧。

我曾经对人说我不害怕苍老，其实怎么可能呢？就算是不生病的苍老，我也是害怕的。

我过去可以一个星期写十万字，可以三天不睡觉，可以买一张站票在火车上站三十六个小时。我过去干了太多疯狂的事情，现在我都办不到了。我老了，我连多走一个街区买到一份更好吃的烤猪蹄吃都不愿意，我宁愿就近买两块面包将就下。

或者这也不能说是老，只能说是疲惫了。不再有那种生机勃勃的斗志，不再愤怒，很多想不开的事情都想开了，许多想不明白的事情也不愿意再去通宵达旦废寝忘食地想了。

我甚至开始做减法，删掉了许多人的联系方式，我希望我们就此忘掉对方，就像从来没有在对方的生活中出现过一样。

这对于过去的我来说，简直不可思议，过去我多么热爱结识更多的人啊，我喜欢那句诗喜欢了很多年——莫愁前路无知己，天下谁人不识君。

可是现在，我觉得这让人很羞耻，为什么要认识那么多人呢？我始终只是我，孤独无助无聊无能的我。天下也一直是那个天下，忙碌喧嚣吞噬一切的天下。我们从来不曾属于过对方，过去未来都不会属于对方。

圈子

每个圈子都有其可爱的地方，每个圈子都有其让人厌恶的地方。因为出生环境和性格的不同，我们在不同圈子待着的时候舒适度也不同。这些年我因为一些人的可爱而带着向往走进了一些圈子，又因为另外一些人的可怕可恨可怜可恶而失望地离开。

我出生在乡下，乡下算是父母带我进入的第一个圈子，乡下人的朴实善良是我喜欢的，乡下的生活也简单，但简单中也透露着无知。如果你想法太多，常常会觉得无人可以跟你交流。

为了开眼界，也为了博学多才，我离开了乡下那个圈子。离开后我进入了音乐圈子，但不是高级的音乐圈子，而是要靠一场场无聊的演出混口饭吃的圈子，那甚至不能算是音乐圈子，只能算是懂点儿音乐的手艺人的圈子。但我选择离开不是因为我不喜欢那个圈子，是因为我没有音乐才华，没有音乐才华导致我觉得我和那个充满小鬼的音乐圈子格格不入，刚好我贴在网上的文章被杂志转载了，我因此进入了写作圈子。

在写作圈子里我最初只能孤军奋战，后来参加了新概念作文大赛，才算是有了一些志同道合的朋友。但是新概念这个圈子有点儿像《儒林外史》里那些腐儒的圈子，文人相轻特别严重，经常有人突然因为某本书某篇文章红了就拉黑了所有人。我到现在还没有真正离开这个圈子，尽管我觉得我早已离开了，但还是有一些藕断丝连的朋友，这些还联系着的朋友算是新概念圈子可爱的地方，因为他们是真正有才华的一批人。虽然这里面也有一些固执自负得可笑的人，但哪个圈子没有这样的人呢？

如果不是文人相轻太严重，我可能会一直在新概念圈子，具体有多严重呢？就像一个饭局，张三不在，张三便可能是被讨论和嘲笑的对象，下次李四不在，李四就代替了张三被嘲讽。你永远不知道你的朋友背后怎么说你，当面的时候总是笑呵呵的，你几乎交不到真正的朋友，大家都像是在利用对方，反倒是那些没有利用价值的人最适合那个圈子。

离开后我开始给《南风》《花火》之类的杂志写文章，也因为创办《后来》杂志，结识了一帮写杂志的朋友，那时候有红榜，是一个发布约稿函的论坛，大量写杂志的人聚集在那里，那里算是一个互帮互助的平台。我到现在还待在这个圈子里，尽管红榜已经不在，但是在这里交的朋友，即便不写作了，还是朋友。他们不会当面夸赞你，背后轻贱你，他们表里如一；喜欢你就接近你，讨厌你就敬而远之；不会因为你红或者不红，就违心地对待你。

在这期间，我还去过榕树下，那时候很多人不为稿费，纯粹为了热爱在那里写作，我在那里也交了不少朋友，到现在过去十年了还联系着，经常在去往他们的城市的时候还能一起吃饭闲聊过去的事情。后来再没有当年的纯粹。但纯粹意味着贫穷，我家境不好，所以耐不住一直的贫穷，我就去了北京，进入了编剧圈子。

编剧算是所有写作圈子里最赚钱的一个圈子，但我还是没待多久就离开了。因为我不是为了钱而开始写作的，做编剧渐渐脱离了我的初衷，我不能按照自己的想法创作，我只能妥协于导演制片投资人的意见。我的性格和出生环境导致我最后还是选择了写自己想写和喜欢的，因为写别人安排好的内容很快就会让我厌恶创作这件事。

在写作之外，还有很多圈子，比如说留学生圈子、画手圈子、摄影师圈子，我因为合作的关系窥探过各种圈子里的人。我发现物以类聚，人以群分，不同圈子的人对同一件事看法完全不同，如果非要让他们争论对错，最后就是你死我活。其实大家都不算是十恶不赦的坏人，只是圈子不同导致的观点不同。

微博上的纷争大都是因为圈子不同而导致的观点之争。微博把所有圈子的人放在了一个平台上，这些人出生环境不同、受教育不同、读书不同，如果观点一致，反而是荒诞的事情了。

不同文化背景的人观点不一样是正常的，所以我不太喜欢总是有纷争的微博，更怀念过去的小网站，因为那时候是一小部分人因为热爱聚集在同一个地方，就像是小区群，不是这个小区的人就进不来。而在微博上，一切都是敞开的，没有读过书的人和读过书的在一起评论书，没有看过电影的人和看过电影的人一起评论电影。

后来我因为回故乡签售，认识了故乡作协的人，因此加入了作家协会，由此又认识了一大批作协的作家，他们又和我过去认识的所有作家不同。他们不靠在书店卖书为生，也不靠给杂志写作为生，他们大都有一份职业，业余时间写作。

这些不同的圈子带给我的感觉虽然不同，但都是人类圈子，待久了之后，我有点儿讨厌所有圈子，因为你不可能只和某个圈子里可爱的存在相处，你总是会牵连到可恶的东西。到处都是人，有人的地方就有江湖，你找不到一个没有人的地方，找到了你也活不下去。所以最后我想我只能找个我觉得舒服的圈子。

我曾经在参加文学之新的时候短时间进入过一个小资作家圈子，那个圈子的作者产量很低，都喜欢自己造一些生僻的词句，我因为出生环境太朴素，没法在那个圈子里常待。别人没事就请你吃饭，你总不好意思次次都让别人请客，但你又没有钱请别人，只好离开。

离开那个圈子的时候我发现其实就算是你热爱，也不是每个圈子都适合你。像我这样的人，可能就适合在友爱的互帮互助的高产的作者圈子里。因为我这样的人太事儿，过于追求完美，似乎缺哪样都不行。网络作家圈子很高产，但是网络作家地位太低，打赏机制把读者摆在了太高的地方，已经不再是平等对话平等交流了，作者有时候为了讨读者喜欢，要写太多赶时髦的东西。

当读者用打赏来决定作家前途的时候，编辑的挑选就显得重要起来，所以我后来还选择了做编辑，进入了出版人圈子。我做一些我觉得有意义的选题，写一些我觉得有意义的书。虽然不能很大程度地改变世界，但是能够影响一些志趣相投的人也是好的。我出版了近三十本书，销量大都很平均，差的两万多册，好的五六万册，这样让我明白，其实我靠一己之力已经形成了一个圈子，这个圈子里有两万到五万人，他们一直在读我的书，和我一起思考，甚至有人因为在我的读者群里相识而走入了婚姻的殿堂。我想我最喜欢的，还是这个圈子。

我们也许一生都没有机会见面交谈，但我们会因为对方的存在，而觉得这个世界不是那么无趣，尤其是绝望无助的时候，同类人的存在，就是希望的来源，就是活下去的动力，不然这个世界就太冰冷了。

信任有多重要

01

醒来看到一个热帖，说是一个家庭里，父亲用孩子的身份证去办理了贷款，并且让孩子去还，孩子因此对父亲失去了信任。且不论这样的事情是真的假的，天下父母千百种，有好当然有坏，不能因为个例去否定一个群体。所以我们今天单独聊聊信任。

我们在小时候当然是选择信任父母的，不信任也不行，靠自己完全活不下去。长大后我们渐渐发现父母的话也不全对，起码他们经常逗我们说我们是充话费送的这件事肯定是不靠谱的。

我们会发现长大后许多事情需要我们自己去辨别真伪了，父母不能时时刻刻照顾我们，他们有他们的生活。

我们进入学校后，选择相信老师，觉得老师可以帮我们去伪存真。但老师既然是人，肯定存在水平参差不齐的情况，有些老师值得信任，有些老师我们只能选择性地信任。

信任一个人，意味着把自己赤裸裸地交给对方，如果对方值得托付还好，如果不值得，那就只能由自己来承担后果，有些后果是可爱的，有些后果是可怕的。

我记得有个关于信任的游戏，就是你朝身后直挺挺地躺下去，你身后的伙伴会接住你，你要充分相信他会接住你，不然你就会摔到地上，如果是从高处往后躺，还可能会摔死。

我从未玩过这个游戏，在脑海里想象一下我都觉得害怕，因为我几乎不相信任何一个人。我觉得任何人都靠不住，只能靠自己。所以很多时候我活得很累，常常想，如果能够有个人让我靠一靠就好了。

02

我不信任别人的根源，要追溯到我刚退学那会儿，我买了很多书在家里读，但是我爸妈不支持我，我还写小说投稿，爸妈也觉得我是异想天开。

爸妈觉得我迟早会被看书和写作毁掉，就趁我不在家的时候把我的书当废品卖掉了，我写的手稿也被烧掉了。

当我回到家，看到那一切，我就对父母失去了信任。但那时候的我太弱小了，我很难保护我的一切。

后来我还是买了很多书，但是离开家的时候我总是担心父母会把我千辛万苦挑选的书当废纸卖掉。于是我就在家里挖了个大坑，把书装在麻袋里，埋进了土里。

万幸那时候我家在农村，有土地可以挖掘，如果在城市，挖不过十厘米就挖到楼下了。可是这并不是保险的办法，当我一年后回到家挖出我的书时，发现尽管隔着塑料袋和麻袋，它们还是受潮了，我拿出来在太阳下暴晒了几天，发现晒干了也不管用，大部分书都因为长时间埋在地下而损毁了。

把书埋在地下这样的事情虽然很蠢，却是迫不得已的办法，如果父母相信我支持我，不去贱卖我的书，我就不用出此下策了。

03

离开家后也选择过相信朋友，有人说出门靠父母，在外靠朋友，可惜我在外面能够依靠的朋友屈指可数。

十几岁的时候，我有过一个很要好的朋友，因为我整天东游西荡，不能陪伴我那时候还在上学的女朋友，于是我就拜托我也在上学的朋友有时间多去陪陪我那时候的女朋友，后来他们就在一起了。我变成了可笑的局外人。

所以我看关羽千里走单骑护送两个嫂子的时候，我非常感动，我们这个俗世太难遇到关羽这样的人了，所以关羽才伟大。

二十几岁的时候，我的朋友以我的名义主编了一套书，书出来后他卷款跑了，作者找上门来找我讨稿费，我去找他，他把我拉黑了。

现在我已经三十岁出头了，偶尔还是选择相信人，但经常会失望，人心太复杂，不是你对别人好，别人就会对你好。

时间长了，我就麻木了。我也渐渐变得冷漠，不再相信很多人很多事。

我最后相信的是我的读者，我觉得他们爱我，不会欺骗我，他们最伟大，因为我根本不值得他们的厚爱。

但后来发生了一件事，让我对读者也选择了选择性相信，跟随多年的老粉丝我可以视为好友，也经常会借钱给读者。但新认识的粉丝，我一般不会轻易借钱出去。

会这样，是因为一个新粉丝找我借钱，说自己病了，花了很多钱都看不好，家人放弃治疗了，但是她不甘心，想去大点儿的医院再看看，我就借了，毕竟是救急的钱，也不指望对方还。结果隔天就看到对方去国外旅行了。旅行也就旅行吧，借钱旅行也不完全是坏事。问题是没过几天，对方又找我借钱，理由依旧编得很离谱。这就让人不开心了，我以善意待人，不指望对方回报同样的善意，但若收获了恶意，我也会心寒。

我觉得，一个人肯信任你，是你的福气，如果你辜负了这份信任，是你的损失。

有次看新闻，我发现朴树也遇到过类似的事情，他的粉丝找他借钱，他一借就是三十万，借了之后对方一直不还，朴树也没怎么样，只说了句“以后不要再让我看到你”。

善良的人对别人最大的惩罚，就是绝交。我也一样，我拉黑了所有骗过我的人。我只希望他们在我的生活中消失，我相信这样的人混不长久，和这样的人交谈都让我觉得恶心。

长大后我们都会发现，金钱是买不来朋友的，你借钱给你的朋友，他并不会感谢你。他很难理解你的钱来得也不容易，也是你辛辛苦苦的血汗钱，他总是觉得他赚钱比较困难，你赚钱非常容易。

当然，还好我们的生活中不完全是这样的人，我周围还是有几个值得我信任的朋友的。那些不值得信任的，可能不能称之为朋友，只能叫作骗子。

比起朋友的欺骗，来自爱情的欺骗更让人受不了。许多网恋都见光死了，为什么呢？因为彼此都觉得受到了欺骗。隔着网络大家都是把对方想得非常完美，对方也把自己营造得非常完美。结果一见面，你幻想的完美对象，比你身边的普通人还普通。

不过信任的丧失也不完全是坏事，因为信任有时候跟随着依赖，我因为不敢信任也就不敢依赖，久而久之就变得非常独立，久而久之信任我依赖我的人就多了起来。

我想这是一种荣耀吧，一个人的成功，不是赚了多少钱有多大名气，而是有多少人信赖你。越多的人信任你，你的存在也就越有价值。当这个世界上没有人信任你的时候，你存在与否都不重要了。

愧疚感

01

之前看电影《被嫌弃的松子的一生》，看到那句“生而为人，对不起”，看哭了，倒不是为女主的遭遇流泪，是和女主的愧疚感产生了共鸣。

我也常常会有愧疚感，觉得对不起父母，年少时太过于叛逆；觉得对不起读者，总是写不出心中那样完美的作品；觉得对不起昔日的恋人，承诺过照顾她们一辈子的，最后还是分道扬镳了。

这种愧疚感很短暂，有时候几分钟，最长也不过几个小时就消失了。会消失，是因为知道愧疚也没用。一切都于事无补了。

就算把昔日的恋人重新追回来，也不可能弥补已经造成的伤害；就算是时光倒流，也还是会在追求自我和孝顺父母之间选择前者；就算是把我累死，以我现在的才情，也就写成现在这样的作品了。

有时候我们会羡慕电影里的人，他们才华横溢，出口成章，像曹植那样，七步成诗。现实里的我们，总是比不上曹植这样的人。

而就算是曹植这样的人，也会不如意，也会错失挚爱。我们能怎样呢？我们也许只能把愧疚感安放在回忆里。如果常常拿出来，最后就会变得颓废沮丧，像松子一样，无声无息地死去。

02

但一点儿愧疚感没有也不行，知耻而后勇，不知耻是很可怕的。追求一切庸俗的东西，不想着造福大众，还觉得自己一切都对，觉得别人都是傻子，这样的人，反而是多余的。

只不过愧疚感多了，就变成了小人，孔子说过，君子坦荡荡，小人长戚戚。孔子还说，君子喻于义，小人喻于利。

总是计算得失，悲秋伤春，最后就离小人不远了。君子应该深明大义，不拘小节。

当然，尽信书不如无书。孔子的话也不全对，因为他还说过，唯女子与小人难养也，近之则不逊，远之则怨。

且不说是否尊重女性，但就近代写作这件事来说，离不开女性，大部分的书都被女性买了。从数量上看，男性反而显得没文化一些。所以作为作者，即便是男作者的我，也无法做到丝毫不顾及女性读者的感受，甚至有时候我还会完全站在女性读者的立场去思考问题。同样一件事，男性视角常常是不屑一顾，而女性视角就能见微知著。

我现在写的这本书，整个就是一个见微知著的过程。有些糙汉子看了，可能会说，这人写的什么啊？这些事有什么值得写的。但心思细腻的女性看了，就可以生出无限感慨来。

从一个人有没有愧疚感，我们可以判断一个人的人品，决定是否与其交往。

正所谓伏久者飞必高，开先者谢独早。有了见微知著、守正待时的心态，就可以免蹭蹬之忧，可以消躁急之念。

在这个人人追求IP的时代，写这样的散文随笔，注定赚不了大钱，我写那些长篇小说的改编费用，每一本都是出版稿费的十多倍。但为什么我还是要坚持写随笔散文呢？其实就是在守正待时。就是在消躁急之念，我也希望读者读我的散文随笔的时候，也能免却蹭蹬之忧，也能沉浸在书里，忘却现实的烦恼。

03

我周围有愧疚感的人并不多，包括我的父母，我的哥哥，他们很少为他们做错的事情道歉。我周围有愧疚感的常常是女性，比如我的女朋友，我女朋友的妈妈，以及我的姐姐。

人生漫长，怎么可能会不做错事呢？做错了道歉不是示弱，是勇敢的行为，敢于面对错误，才有机会做对。如果不敢面对错误，那最后就会错上加错。

现在的人因为生活忙碌，忘却的本领很大，伤害了别人之后，也渴望别人忘却，其实哪儿那么容易忘却啊！尤其是亲人之间和情人之间，有些伤害一旦铸就，那就是一生的刻骨铭心。

有了愧疚感，人与人的冲突就会减少很多。我常常喜欢和女性待在一起，就是因为和男性在一起太容易起冲突了。男性总是把面子看得太重，重得有时候超过了是非对错。

04

写了许多情感文字后，我的性格也变得更加细腻。曾经有人在看了我写的《光头女友》后问我，你一个大老爷们儿，那么了解小女生的心理，还能和小女生谈恋爱吗？

我想了想，回答说，好像有百利而无一害。现在被痛斥的直男癌，就是神经太大条，太不了解女生的小心思了。

大张旗鼓的离开都是试探，真正的失去，无从告别。愧疚感也是一样，当一个人对你有了愧疚之心，你们尚且还能交往。当一个人对你问心无愧，接下来常常是要分道扬镳了。

世人相处，贵在付出。他人付出时，我们能够感觉到受之有愧，就会想方设法回报。若觉得理所应当，那就成了单相思，久而久之，对方心凉了，付出也就停止了。

生而为人，我们要产生大量的垃圾，首先就对不起这个世界。我们要爱上一个人，占有一个人，她就失去了拥有更好的人的可能。我们的降临伴随着母亲的剧痛，我们每一天的成长，都在消耗大量的资源。

除了“生而为人对不起”这句话，太宰治还写过另外一句话——我本来想在这个冬天就死去的，可最近拿到一套鼠灰色细条纹的麻质衣服，是适合夏天穿的衣服，所以我还是先活到夏天吧。

我们生命中有一些光亮的东西，有时候我们说生而为人对不起，其实是对不起这些光亮的东西。比如春天的风、夏天甜爽可口的西瓜、秋天的枫叶、冬日的暖阳，来自陌生人的笑容、和亲密朋友在冬日里吃的一顿火锅。

这些东西让我们感受生命之美好的同时，也让我们感到惭愧，我们为拥有这样的美好而感到欣喜，又为自己能否匹配这样的美好而感到忧愁。

至于那些暗黑的东西，我们很难拥有愧疚感。我们甚至可以对那些暴力的凶残的一切报之以冷笑。它们让我们的内心变得麻木，它们让我们问心无愧。

后记

转眼我已经三十二岁了，从时间顺序上来计算，这是我出版的第三十本书。

我出版的单行本数量，还不及我活过的年头，离我出满一百本书就休息的心愿更是差了好远。在写这本书序言的时候，我明显感觉到了精力的不足。我甚至开始怀疑我能否在有生之年得偿所愿。

我开始意识到，人不是一天一天变老的，而是突然之间变老的。

在三十岁前，我不知道苍老是什么，不知道生病的感觉，起码没有切身体会过。过了三十岁之后，我的身体几乎每周都会出一些问题，每个月我都得去一趟医院。

从胆囊、肠胃到颈椎、腰椎、眼眶以及脑袋，不是这里疼就是那里疼，西医检查不出来问题，说这是亚健康，是人体衰老的正常现象。中医建议我调养，吃各种养生的食物。

中医西医我都信，不信也没办法，人过了三十岁，再也没有办法像十几岁二十岁出头时那样疯狂喝酒疯狂熬夜，第二天睡醒就恢复正常了。

写这本书的过程中，我推掉了很多饭局。过去的朋友们举杯欢聚的时候，我在家里思考饭局的意义。

在我看来，饭局最大的意义，就是能够听到一些聪明人的真知灼见，从而打破自己的知识壁垒，让自己更加博学。但可惜的是，不是每个饭局上都能遇见有趣的聪明人。

大多数的饭局，只是热衷于灌醉彼此罢了。

那一场场饭局，也就像是我们的人生，我们的爱情。大多数人，都只是浪费时间罢了，值得珍惜的人，屈指可数。

而写作的过程，对于我来说，就是记录值得珍惜的人的过程。这本书里写到的几个人，都与我的人生息息相关。

他们和我有一个共同点，那就是过着别人眼中轻松愉快的人生，实际上则是暗夜买酒，咽泪装欢。人前得意，人后努力。我们都只是在别人眼中活得很轻松罢了。

当然，每个人的生活都有其艰难的一面，只不过大家都不愿意展示罢了，能够发到朋友圈的，都是屈指可数的日子。大多数日子，都是无聊寂寞甚至艰难的。我想有缘人读到了这本书，可能还会感受到自己的人生。只不过在这个世界上，遇见有缘人太难了。

喜欢我的人成千上万，理解我的，可能连二十个都没有。不过对于大多数人来说，有二十个人理解，已经算是很多很多了。

这本书的诞生，也许能够让你理解一些在你看来很遥远的陌生人。理解他们的选择和他们的生活方式之后，彼此之间都会多一分尊重，人和人是不同的，我们不能以自己的标准去要求别人，也无须活在别人的标准里。

如果这本书能够让世间少一些道德绑架的人，少一些以人性要求自己、以神性要求别人的双标人，那就算是没有白写了。

在写这本书的时候，我很想找个山清水秀的地方，关掉手机，断掉网络。我把我隐居的想法说出来，很多人都跑来安慰我，以为我受了什么挫折。

让我感到受挫的，可能恰恰是一些以为理解我却并不理解我的人。我在出版了二十本书，获得了十多万粉丝之后，用新笔名写了一本书，我想试试看，到底是我红了才导致书的畅销，还是书本身就写得好，和署谁的名字无关。

结果当然是让我失望的，即便是同一个读者，当你换了笔名之后，他也会做出截然相反的评价。于是隐居的念头就越来越重了。我们从生下来，就被灌输了追求功名利禄的思想。

功名利禄固然是好东西，但越是好的东西，得到之后越会不安宁，会患得患失，会睡不着觉。能够抛弃这些东西，反而会获得安宁和快乐。

我在2017年元旦的时候，许下的新年愿望是，希望一年内登上十座海拔一千米以上的山，到2018年元旦的时候，我发现我超额完成了愿望。但马上就有了新的愿望，当我身体不健康的时候，我渴望健康，当我健康了之后，又有了新的渴望。

人心是如此难以满足，我希望2019年过完的时候，我能够满足地活着，能够挣脱所有功名利禄以及情感带来的束缚。哪怕能挣脱一两年也好。当然，我也希望正在阅读这本书的你，也可以挣脱所有的束缚，过上真正轻松快乐的生活。

意林精品图书推荐

告白的书·系列

《那个神秘的宣愉小姐》
简介：心理分析小说，一次亲情伤痛造成的人格分裂，一场守护爱情的计划……
定价：32.80元

《对方正在输入中》
简介：你是否能从他涨红的脸颊看到他比阿尔卑斯山还强大的内心，让他的病只为你发作。
定价：29.80元

《你是年少的欢喜，喜欢的少年是你》
简介：古风作家吾玉打造都市清风之作，告诉你，如何学着去爱一个人。
定价：29.80元

《余生请对我好一点》
简介：时光回望，今日的纠葛，竟好似还了往日的债。
定价：32.80元

告白的书·系列

《比心》
简介：暗恋被冷酷拒绝，离开却突然收到女孩的短信，只有一行字，却让他笑了……
定价：32.80元

《从此晚安我自己》
简介：95后作家何家豪青春成人礼童话，将16个故事，说给长成大人的你！
定价：29.80元

《我不愿让你一个人走过青春的荒芜》
简介：写给你深情的告白书，15篇故事，有作者的亲身经历，也有勾勒的世间温暖。
定价：29.80元

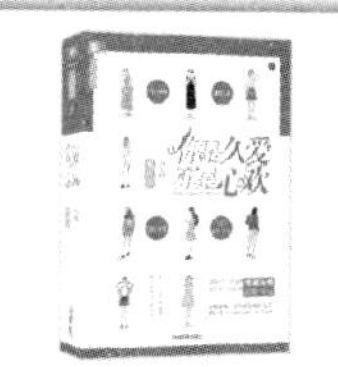

《你是久爱，亦是心欢》
简介：青春与梦想，爱和守护的故事，孤冷少女与霸道阔少相爱相杀深情开演。
定价：32.80元

新武侠·系列

《胭脂将》
简介：魔幻江湖的纷乱，胭脂女将的传奇！
定价：32.80元

《一两江湖之望星记》
简介：古风作家一两打造全新江湖，一醉江湖三十春，尽在《望星记》！
定价：29.80元

《一两江湖之琵琶误》
简介：家仇国恨，爱上不该爱的敌国先锋，如何面对这生死纠缠的爱情？
定价：29.80元

《月光蒲苇①·夜阑时》
简介：阴谋、友情、爱情，上古四神的恩怨，今生能否化解？
定价：32.80元

心灵成长·系列

《世界的另一个你》
简介：18岁少女的奇幻冒险，唯美魔幻的童话世界，寻找世界的另一个你！
定价：32.80元

《绯色黎明》
简介：人类并不孤单，在黑暗种族的环伺下，被掩盖的真相等着你去探寻。
定价：32.80元

《这一杯，我敬的是年少无知》
简介：悬疑作家何慕精心打造的都市心理悬疑成长小说集。
定价：32.80元

《我的人生无须证明给你看》
简介：是选择梦想，还是安于现状？马叛用这些故事告诉你答案。
定价：32.80元

套装精选

多味之恋
简介：七彩青春，多味之恋，寻找身边错过的小美好。
定价：29.80元/册

十八而志
简介：18岁之前的远大志向，决定了18岁之后的梦想人生。
定价：29.80元/册

深夜暖心
简介：青春絮语，灯下最好的陪伴，马叛、张芸欣、冷亦蓝深夜暖心之作。
定价：29.80元/册

初心讲义
简介：初心故事讲给你听，拥有一个又一个的小温暖。
定价：29.80元/册

意林精品图书推荐

意林幻青春 系列

《我不成仙 一 断尘绝念》
简介：不想成仙却毅然修仙，她见愁只想有朝一日对那人说：“纵你成仙，亦不可逃！”
定价：28.80元

《我不成仙 二 杀红小界》
简介：血衣作战袍，刻骨为利刃。她的通天坦途，便是他的穷途末路！
定价：28.80元

《我不成仙 三 流星赶月》
简介：敏锐与直觉，无一欠缺；缜密与果决，兼而有之。力敌群雄者，舍她其谁！
定价：28.80元

《我不成仙 四 鏖战空海》
简介：为成大道，葬痴情、斩尘缘者有之，可若寻仙问道是这般模样，她宁愿永不成仙！
定价：28.80元

意林幻青春 系列

《我不成仙 五 舍我其谁》
简介：见愁者，无限潜力，无限战力！斩断过去，分割今昔。她的世界，只有未来！
定价：28.80元

《禁域①墓地神婴》
简介：皇者重现世间，只为触底反击，再创传奇！踏破乾坤纵横时空，禁域绝密即将揭晓！
定价：28.80元

《禁域②宗门斗者》
简介：扶桑谷内迷雾重重，时间长河、神秘女子……时空彼端，究竟有着怎样的秘密？
定价：28.80元

《禁域③王者遗风》
简介：阳魄界，一个神奇的虚拟世界，浮生为赤钻来到这里，却发现了更惊人的秘密！
定价：28.80元

意林幻青春 系列

《符神传说①斩焰少年行》
简介：接通元灵符界，交易、对战、派单……现实与虚拟之间，体味什么叫酣畅淋漓！
定价：28.80元

《符神传说②东川起风云》
简介：逆转鬼煞岭、入蛮荒探迷城，跨越空间界限，开启度奇幻热血征程！
定价：28.80元

《符神传说③刀芒惊天下》
简介：巧进黑狱须识海，烈焱龙雀惊天下。勇探天符浩土，领略异闻传奇！
定价：28.80元

《符神传说④地下悬赏令》
简介：识妖族斗南洲，符驱四方见奇谋。游历异界空间，探索奥妙人生！
定价：28.80元

意林幻青春 系列

《雪鹰领主1》
简介：我吃西红柿全新力作！少年骑士惊世崛起，铸就为人类荣誉而战的英雄传说！
定价：29.80元

《雪鹰领主2》
简介：圣级超凡，初露峥嵘，打造热血沸腾的传奇武侠世界！
定价：29.80元

《决战星座学院1》
简介：为00后读者量身定制的校园星座魔法书，超反转、超疯狂的校园大作战，开始！
定价：29.80元

《浮玉仙魔》（全一册）
简介：跨越六界的情仇离合，仙家养成，爆笑开演！看一代魔尊，如何搅翻浮玉仙山！
定价：29.80元

意林幻青春 系列

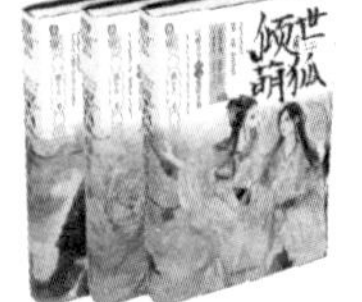

《倾世萌狐》（全三册）
简介：任他天道严酷，你始终是我无法断的“情”，难以绝的“爱”。
定价：29.80元

《我的画风不太对》（全二册）
简介：一不小心成了外星玩家的目标对象！千回百转的拼图游戏，谁是最终赢家？
定价：29.80元

《灵犀》（全二册）
简介：取《山海经》之精髓，谱一曲荡气回肠、龙狐相随的深情恋歌！
定价：29.80元

《仙萌奇缘》（全二册）
简介：迷糊弟子“约架”冷傲少主，无厘头话本奇袭玄天剑宗，非正统仙侠大戏反转上演！
定价：29.80元